岩波現代文庫／文芸 280

石原吉郎セレクション

柴崎　聰［編］

岩波書店

目　次

I　シベリヤ——フランクルに導かれて

II 詩の発想

Ⅲ　聖書と信仰

Ⅳ　ユーモア

I　シベリヤ——フランクルに導かれて

確認されない死のなかで——強制収容所における一人の死

百人の死は悲劇だが
百万人の死は統計だ。
アイヒマン

ジェノサイド(大量殺戮)という言葉は、私にはついに理解できない言葉である。ただ、この言葉のおそろしさだけは実感できる。ジェノサイドのおそろしさは、一時に大量の人間が殺戮されることにあるのではない。そのなかに、ひとりひとりの死がないということが、私にはおそろしいのだ。人間が被害においてついに自立できず、ただ集団であるにすぎないときは、その死においても自立することなく、集団のままであるだろう。死においてただ数であるとき、それは絶望そのものである。人は死において、ひとりひとりその名を呼ばれなければならないものなのだ。

「みじかくも美しく燃え」という映画を私は見なかった。だが、そのラストシーンについて嵯峨信之氏が語るのを聞いたとき、不思議な感動をおぼえた。映画は、心中を決意した男女が、死場所を求めて急ぐ場面で終るが、最後に路傍で出会った見知らぬ男に、男が名前をたずね、そして自分の名を告げて去る。

私がこの話を聞いたとき考えたのは、死にさいして、最後にいかんともしがたく人間に残されるのは、彼がその死の瞬間まで存在したことを、誰かに確認させたいという希求であり、同時にそれは、彼が結局は彼として死んだということを確認させたいという衝動ではないかということであった。そしてその確認の手段として、最後に彼に残されたものは、彼の名前だけだという事実は、背すじが寒くなるような承認である。にもかかわらず、それが、彼に残されたただ一つの証しであると知ったとき、人は祈るような思いで、おのれの名におのれの存在のすべてを賭けるだろう。

いわば一個の符号にすぎない一人の名前が、一人の人間にとってそれほど決定的な意味を持つのはなぜか。それは、まさしくそれが、一個のまぎれがたい符号だからであり、それが単なる番号におけるような連続性を、はっきりと拒んでいるからにほかならない。ここでは、疎外ということはむしろ救いであり、峻別されることは祝福である。

私がこう考えるのは、敗戦後シベリヤの強制収容所で、ほぼこれとおなじ実感をもったからである。

私は昭和二十四年から二十五年にかけて、バイカル湖西方バム〔バイカル・アムール〕鉄道沿線の密林地帯で、二十五年囚としての刑に服した。この時期は私たちにとって、入ソ後二回目の〈淘汰〉の時期を意味した。最初の淘汰は、入ソ直後の昭和二十一年から二十二年にかけて起り、長途の輸送による疲労、環境の激変による打撃、適応前の労働による消耗、食糧の不足、発疹チフスの流行などによって、八年の抑留期間中、もっとも多くの日本人がこの期間に死亡した。またこの期間は、何人かの捕虜と抑留者が、自殺によってみずからの死を例外的にえらびとった唯一の期間でもある。

この淘汰の期間を経たのち、死は私たちのあいだで、あきらかな例外となった。私たちの肉体は急速に環境に適応しはじめ、生きのこる機会には敏速に反応する、いわゆる〈収容所型〉の体質へ変質して行った。

このような変質は、いうまでもなく、多くの人間的に貴重なものを代償とすることによって行なわれる。しかしこの、喪失するものと獲得するものとの間には、ある種の本能、人間の名に値する瀬戸ぎわで踏みとどまろうとする本能によって、かろうじてささえられるきわどいバランスがあって、人がこのバランスをついにささえきれなくなるとき、彼は人間として急速に崩壊する。淘汰の時期の衰弱のはばが、環境の変動のはばよりもはるかに大きかったのは、このためであって、栄養失調の進行は、予想していたよりも(私たちは一回目の淘汰の経験から、当然それを予想できた)はるかに急速であった。

この時期に私は、ふたたび多数の死者を目撃しなければならなかった。第一の淘汰を切りぬけたものが、第二の淘汰に耐えなかったという事実の痛みは大きい。しかし、それが痛みとなって記憶にのぼるのは、それから数年後である。死者にかかわっているどのような余裕も、そのときの私にはなかった。飢餓浮腫の徴候は、私自身にもすでにはじまっており、粗暴な囚人管理のもとでは、誰が生きのこるかということは、ただ数のうえでの問題であって、一人の個人の関心の枠をすでにこえていたのである。

栄養が失調して行く過程は、フランクルが指摘するとおり、栄養の絶対的な欠乏のもとで、文字どおり生命が自己の蛋白質を、さいげんもなく食いつぶして行く過程である。それが食いつくされたとき、彼は生きることをやめる。それは、単純に生きることをやめるのであって、死ぬというようなものではない。ある朝、私の傍で食事をしていた男が、ふいに食器を手放して居眠りをはじめた。食事は、強制収容所においては、苦痛に近いまでの幸福感にあふれた時間である。いかなる力も、そのときの囚人の手から食器をひきはなすことはできない。したがって、食事をはじめた男が、食器を手放して眠り出すということは、私には到底考えられないことであったので、驚いてゆさぶってみると彼はすでに死んでいた。そのときの手ごたえのなさは、すでに死に対する人間的な反応をうしなっているはずの私にとって、思いがけない衝撃であった。すでに中身が流れ去って、皮だけになった林檎をつかんだような触感は、その後ながく私の記憶にのこった。はかないというようなものではなかった。

「これはもう、一人の人間の死ではない。」私は、直感的にそう思った。

私にとってそのとき、確かなものは何ひとつ未来になかった。ただ、いつかは自分も死ぬということだけが、のがれがたく確実であり、そのことを時おり意地わるく私自身に納得させることで、「すくなくとも、今は生きている」という事実をかろうじて確かめ、安堵していたにすぎない。だが「死ぬ」という言葉は囚人のあいだでは、すでに禁句に近いものになっていた。自殺ということは、この時期には、ほとんど私たちの念頭にのぼることはなかった。にもかかわらず「生きる」というたしかな意志表示は、もはや誰の顔にも見られなかった。誰もが、「しばらくは死なないだろう」という裏がえしの納得で、かろうじて生きようとする意志を表明していたにすぎない。五年生きのびることさえおぼつかない環境で、二十年囚が二十五年囚に示すあらわな優越の表情は、このことをよくものがたっている。

「これはもう、一人の人間の死ではない」と私が考えたとき、私にとっては、いつかは私が死ぬということだけがかろうじて確実なことであり、そのような認識によってしか、自分が生きていることの実感をとりもどすことができない状態にあったが、私の目の前で起った不確かな出来事は、私自身のこのひそかな反証を苦もなくおしつぶしてしまった。

しかし、その衝撃にひきつづいてやって来た反省は、さらに悪いものであった。それは、自分自身の死の確かさによってしか確かめえないほどの、生の実感というものが、一体私にあっただろうかという疑問である。こういう動揺がはじまるときが、その人間にとって実質的な死のはじまりであることに、のちになって私は気づいた。この問いが、避けることのできないものであるならば、生への反省がはじまるやいなや、私たちの死は、実質的にはじまっているのかも知れないのだ。

人間はある時刻を境に、生と死の間(あわい)を断ちおとされるのではなく、不断に生と死の領域のあいまいな入れかわりのなかにいる、というそのときの認識には、およそ一片の救いもなかったが、承認させられたという事実だけは、どうしようもないものとして私のなかに残った。

私がそのときゆさぶったものは、もはや死体であることをすらやめたものであり、彼にも一個の姓名があり、その姓名において営なまれた過去があったということなど到底信じがたいような、不可解な物質であったが、それにもかかわらず、それは、他者とはついにまぎれがたい一個の死体として確認されなければならず、埋葬にさいしては明確にその姓名を呼ばれなければならなかったものである。

その男が死んでしばらくたったある寒い朝、一人のルーマニア人が森林伐採の現場で、切りたおされた樹の下じきになって死んだ。氷点下四十度に近い極寒の日であったため、腐敗のおそれのない彼の死体は、夕方まで現場に放置され、作業終了後、橇で収容所へはこばれたのち、所内の営倉へ投げこまれた。

その夜、バラックの施錠に近い時刻に、夜間の使役を終えた私は、なにげなく営倉に立寄ってみた。営倉は半地下牢であったため、ほぼ上から見おろす位置でなかの死体を見ることができた。死体は逃亡のおそれがないとみられたわけであろう、営倉へ半分押しこんであるだけで、開かれた戸口から外側へはみ出た下半身は、あきらかに俯伏せていた。私の目がその下半身をたどって、雪明りのなかで上半身にとどいたとき、思わず私は息をのんだ。上半身が仰向いていたからである。死体の胴がねじ切れていたことに気づくには、それほどの時間を必要としなかった。私はまっしぐらにバラックへ逃げかえった。その時の私のいつわりのない気持は、一刻でもはやく死体から遠ざかりたいということであった。「あれがほんとうの死体だ」という悲鳴のようなものが、バラックの戸口まで、私の背なかにぴったりついて来た。

　氷点下四十度をすでにくだった気温にもかかわらず、むっと寝息のこもったバラックのなかで、最初に私が考えたことは「人間は決してあのように死んではならない」ということであった。

　一人の日本人と一人のルーマニア人、この二つの死体の記憶をもって、私は、入ソ後の最悪の一年を生きのびた。私が生きのびたのは、おそらく偶然によってであったろう。生きるべくして生きのびたと、私は思わない。だが、偶然であればこそ、一個の死体が確認されなければならず、一人の死者の名が記憶されなければならないのである。

　その後、私はハバロフスクへ移され、生命力の緩慢な恢復の時期に、かつて見たルーマニア人の死体を、悪夢のように憶い出すことがあった。人間は決してあのように死んではならないという実感は、容易に、人間は死んではならないのだという断定へ拡張された。それは今もなお変らない。人間は死んではならない。死は、人間の側からは、あくまでも理不尽なものであり、ありうべからざるものであり、絶対に起ってはならないものである。そういう認識は、死を一般の承認の場から、単独な一個の死体、一人の具体的な死者の名へ一挙に引きもどすときに、はじめて成立するのであり、そのような認識が成立しない場所では、死についての、同時に生についてのどのような発言も成立しない。死がありうべからざる、理不尽なことであればこそ、どのような大量の殺戮のなかからでも、一人の例外的な死者を掘りおこさなければならないのである。大量殺戮を量の恐怖としてのみ理解するなら、問題のもっとも切実な視点は即座に脱落するだろう。

生き残ったという複雑なよろこびには、どうしようもないうしろめたさが最後までつきまとう。さまざまな場所で私が出会わざるをえなかったどの他人の死も、手きびしく私を拒んだ。私は誰の死にも、結局は参加できずにとり残された。私はどんな他人の死からも、結局はしめ出された。そしてこのような拒絶は、最後に自分が他人を、全世界をしめ出すときまで、さいげんもなくくり返されるにちがいない。生きている限り、生き残ったという実感はどのようにしてもつきまとう。単独な生者として、単独な死に立ち会わざるをえなかったことが、その理由である。

死は、死の側からだけの一方的な死であって、私たちの側——私たちが私たちであるかぎり、私たちは常に生の側にいる——からは、なんの意味もそれにつけ加えることはできない。死はどのような意味もつけ加えられることなしに、それ自身重大であり、しかもその重大さが、おそらく私たちにはなんのかかわりもないという発見は、私たちの生を必然的に頽廃させるだろう。しかしその頽廃のなかから、無数の死へ、無数の無名の死へ拡散することは、さらに大きな頽廃であると私は考えざるをえない。生においても、死においても、ついに単独であること。それが一切の発想の基点である。

私は広島について、どのような発言をする意志ももたないが、それは、私が広島の目撃者でないというただ一つの理由からである。しかしそのうえで、あえていわせてもらえるなら、峠三吉の悲惨は、最後まで峠三吉ただ一人の悲惨である。この悲惨を不特定の、死者の集団の悲惨に置き代えること、さらに未来の死者の悲惨までもそれによって先取りしようとすることは、生き残ったものの不遜である。それがただ一人の悲惨であることが、つぐないがたい痛みのすべてである。

さらに私は、無名戦士という名称に、いきどおりに似た反撥をおぼえる。無名という名称がありうるはずはない。倒れた兵士の一人一人には、確かな名称があったはずである。不幸にして、そのひとつひとつを確かめえなかったというのであれば、痛恨をこめてそのむねを、戦士の名称へ併記すべきである。

ハバロフスク市の一角に、儀礼的に配列された日本人の墓標には、いまなお、索引のための番号が付されたままである。

（「現代詩手帖」一九六九年二月、『日常への強制』）

オギーダ

しかしどのようにして、私たちがそれに
慣れたかは聞かないで欲しい。
フランクル『夜と霧』(霜山徳爾訳)

自殺は敗北である。そのことにかんするかぎり、私は結論をためらわない。だが、敗北とはなにか、なんにたいしての敗北かということになると、私に明確なものはなにもない。日本の降服が決定した日、その日のうちに、いくたりかの人が私の周囲で、それが当然の義務であるかのように自決した。その人たちの図式には、いかんともしがたい事実として敗北がまずあり、なんのためらいもない行動がそれにつづいた。自殺そのものを敗北とする発想は、その人たちにはなかったのである。自殺という表現を拒み、自決という言葉をえらんだその人たちにとって、それはあくまで自己決定の行為だったのである。私には、その人たちの発想に、どんなかたちでも立ち入る意志はない。

降服が決定した直後の数時間が、岐路の選択をせまられた唯一の時間であった。前線でも後方でもない真空地帯だけが、その決定を強いられた。前線は決定が終っており、後方は決定の主体そのものが崩壊していた。最高統帥部とも、またすでに絶望的な戦闘状態にはいっていた北正面と東正面の戦闘部隊とも断絶したままで凍結せざるをえなかった、関東軍将兵の苦悩を思わないわけには行かない。もっとも緊張した数日ののち、硬直した決意と、柔弱な思惑のなかで、各人の処置は各人の所断にゆだねるというかたちで一切が放擲され、堰を切ったような混乱がそのあとにつづいた。

そして私は残った。自己を決定して残ったのではない。その人たちの明確な図式から、単純にとりのこされたのである。だが、生き残ったという事実は重大である。生き残った者にとって、生きのこる機会は、さらに無数にやってくる。一度生きのこってしまえば、要するにどんな屈辱のなかでも、ついに私たちは生きのびるのである。ソ連軍がいっせいにソ満国境をこえたとき、ハルピン市内にどこからとなく、大量の青酸カリが放出され、手づたえに日本人婦女子へわたされた。しかしそのひと月後、進駐して来たソ連軍将兵の連日の凌辱のなかで、青酸カリを飲んだ婦女子があったということは、すくなくとも私は聞かなかった。

ここでは生存ということが、むしろ敗北なのだ。死にざまから生きざまへの転換は、むざんなまでに不用意である。生きざまへ居直る瞬間から、およそいかなる極限も、そのままの位置で日常へなり終せる。なぜあのとき死ななかったのかという、うらみのようなものだけが、のこるものとしてそのあとにのこる。それが生きざまというものである。

しかし自殺は敗北であるという本来単純な発想から、だがそれは敗北の終結であるという飛躍へは、ほとんどどれほどの距離もないはずである。そして敗北だけが敗北を終結させるというこの背理が、ついにみずからをつらぬきえずに終るとき、敗北はその位置で石化する。屈辱はそのときからはじまる。背理はかならずつらぬかれねばならない。

昭和二十五年春、私は、バム鉄道沿線の〈コロンナ33〉と呼ばれる収容所から〈コロンナ30〉へ移された。〈コロンナ〉とはこの地帯での、強制収容所の一般的呼称であり、33という数字は、バム鉄道の起点であるタイシェットから三十三キロの地点を意味している。したがって〈コロンナ33〉から〈コロンナ30〉へ移動したことは、三キロだけ日本へ近づいたことを意味する。距離というものは、私たちにとってつねにそのような意味をもっていた。それは、予想をこえた刑期によって、一時は帰国を断念せざるをえなかった日本人だけが知っていた特殊な感覚である。そのころ私には距離というものを、ただ私だけの基準で、ある時間の長さへ換算する一種の習癖のようなものが身についていた（たとえば三キロの距離は、時間で三カ月というように）。距離というものが直接帰国へ結びつかない以上、たとえばそれは生きる時間へのふりかえといった、一種の遊戯に変質せざるをえなかったのである。

　森林伐採が労働の主体であった極寒期（マロース）が終ると労働は採石作業と鉄道工事に代った。労働そのものは、すでに苦痛である段階を通りこしており、私たちはいわば一種の条件反射でこれに対応していたにすぎなかったが、氷点下四十度を上下する極寒が終ったという安堵はなんといっても大きかった。バム地帯での最悪の季節は、じつはそれからはじまるのである。

　五月、この地域を霧のように掩う、マシカと呼ばれる毒ぶよが、私たちの収容所一帯にも発生した。それはほとんど一夜のうちに発生して、ある朝私たちは戸外へ出るやいなや、マシカの群れのなかにいた。むき出しになった皮膚という皮膚へ針で刺すような痛みとともにわっとまつわりついたものを、私たちははじめ理解できなかった。この地域に数年前からいる少数の〈経験者〉を除けば、私たちはほとんどこれについて無知であった。経験者たちは、およそ必要な警告や助言を私たちに与えなかったのである。彼らのこのような態度はどうにでも説明がつくが、結局は「いずれ自分でわかることだ」という、隣人の苦痛への徹底した無関心につきる。一般に捕虜と囚人の顕著な差異は、隣人へのこのような関心の有無にあるといっていい。そこには、隣人への憎悪さえもすでにないのである。私たち自身も、やがてはそうなる運命にあった。おそらくそれは、無益な関心からまがりなりにも自己を防衛しようとする、一種の本能のようなものであったのかもしれない。

隣人へのこのような関心の欠如は、当然、隣人からの関心にたいする期待の欠如をともなう。強制収容所のような環境で、自殺ということがほとんど囚人の念頭にのぼることがないのは、ひとつには、自殺の前提となる最小限度の隣人の関心がまったく期待できないからであり、自殺者を犠牲者として、または自己の運命の予徴として見る視点が、完全に囚人から脱落しているためである。にもかかわらず、仮にもし、自殺という行為が囚人のあいだで起るとすれば、それはただある種の不用意によって起るにすぎない。

こうして私たちは、予想もしない事態に逢着するごとに、自分ひとりの力でこれを判断し、理解し、対処することをまなばなければならない。たとえば、マシカにとりつかれたら、手ばやくこれをふりおとす。ころしてはならない。刺された痕はなるべく水で冷やす。掻いてはいけない。マシカはいったんとりついたら、からだいっぱい血を吸ってしまうまでは、けっして飛びたたない。ほとんど逆立ちするような姿勢で皮膚に食い入ってくる胡麻粒ほどのマシカをつぶすのは、蚊をころすよりも容易である。それはただ、てのひらでおさえるだけでたりる。しかし、おさえた結果はさらに悲惨である。血の匂いにはおどろくほど敏感なマシカは、おしつぶされた血の痕へあっというまに集まってくる。無経験な私は、最初の日にこの失敗を犯した。夕方、乾いた血でまっ黒になった手首を水で洗ったとき、皮膚の一部がうそのようにめくれおちるという目に会った。マシカがとくに好んで集まる部分は、目と首のまわりである。ことに目のまわりに集まってくるマシカは、追い払うだけで、ぜったいにころしてはならない。わずかの血痕でも目のふちにつけば、二、三時間後に目は完全にふさがってしまう。

私たちは、これらの教訓をひとつひとつ、ただ自分の経験をとおしてまなびとるほかなかった。〈経験者〉にたいして私たちは、どのような〈助言〉も期待しなかった。彼らの沈黙は、彼ら自身の苦痛をとおして獲得したこれらの知識が、いわば彼らにとって生きのびるための武器であり、なんの苦痛の代償もなしに、他人に先取りされるのは許せないという、囚人特有のエゴイズムにほかならないことを知っていたからである。

その頃私は、ロシヤ人を主体にした作業班にただ一人の日本人として編入されていたが、日本人であるということはこの時期には、すでに標識としての意味をうしなっていた。それに、私同様のみじめな日本人を周囲に見ずにすむということは、すくなくとも私にとっては救いであった。私の周囲も、私の国籍にほとんど無関心であり、発音しにくい私の姓は、いつか「シガーラ」(葉巻)と呼びかえられていた。

五月末、あらたに下士官が一人、収容所に着任した。このような不遇な部署へ配属される警備兵は、おおよそ二つのタイプに大別される。一つは体制からのどうにもならない脱落者であり、他はすくなくとも体制への個性的な意見の持主である。オギーダという姓が示すとおり、ウクライナ出身の(ウクライナ人の姓にはA音で終るものが多い)その伍長は、着任の翌日私たちの作業班の警備長に任命され、それまで警備長であった若い、粗暴な兵長はそのまま警備兵の地位に移された。スターリングラードの攻防戦に参加したこの若い剛腹な伍長が、どのような経緯で、いわば流謫ともいえるこのような部署へ移されて来たのかは、私の知るかぎりでなかったが、その当時なおベリヤの支配下にあったエム・ベ・デ(ソ連内務省)軍隊の将兵にとっては、バム鉄道沿線から、いかにしてシベリヤ本線へ脱出するかということは、私たちとはまた別の、彼らの死活問題だったのである。

オギーダが警備長に就任したその日から、旧警備長とのあいだに、警備の規律について微妙なずれが見えはじめ、日を追ってそれはあらわなかたちをとった。オギーダは警備については、愚直なほど厳格であった。そして旧警備長がオギーダの厳命を、それと目立たぬかたちで緩和して行くやり方は、当然のことながら囚人たちの信望を引きつけた。

だがこのときにも〈経験者〉たちはただ沈黙していた。彼らにとってそれは、彼らが飽きるほど目にして来た、彼らにはなんの意味もない葛藤の一つでしかなかったからである。しかしこの無意味な葛藤が、思いがけない不用意な行動へ私を追いつめる結果になった。

六月中旬のある朝、いつものとおり作業現場に着くと、オギーダは、隊伍を組んだままの私たちを地面に坐らせ、規定どおり警戒線を一巡した。警備長が警戒区域の巡視を終り、警備兵が定位置に着くまでは私たちはそのまま坐っていなければならない。警戒区域の一方の側を限っている河のふちまで来たとき、オギーダは監視用のボートが見えないのに気づいた。前夜私たちが引揚げたあとで、誰かが河を渡ったらしく、ボートは対岸に乗り捨ててあった。河に臨んだ現場では、作業中警備兵の一人が、ボートで河を上下して監視に当る規則になっていたが、オギーダが着任するまでは、この規則はあまり厳格には守られていなかった。警備兵にとっては、けっして楽な仕事ではなかったからである。

オギーダはしばらく考えていたが、指示があるまでは私たちを一歩も現在位置から動かさないよう警備兵に厳命しておいて、上司の指示を仰ぐため単身収容所へ引返した。警備兵の不満そうな態度は、私たちにはっきりわかった。片道三十分以上の道のりをオギーダが往復するのを、マシカの群れのなかでじっと待っているのは、彼らにとっても、私たちにとってもがまんのならないことであった。

オギーダが出発して一時間近くたったころ、急にいら立って来た旧警備長が私たちの方へ向き直って、このなかに泳げる者がいるかとたずねた。彼の無謀な意図を理解した囚人たちは、思わず顔を見あわせた。その河はアンガラ河の支流の一つであったが、作業現場附近でかなり河幅がせばまっており、頑健な者なら泳いでわたれない距離ではない。しかし、すでに半年余の苛酷な労働で衰弱し切っていた囚人にとって、それが自殺にひとしい行為であることは、わかりすぎるほどわかっていた。加えてこの河の流れが、表層と下層とで速度も温度もひどくちがっていることは、逃亡防止の意味も含めてたびたび警告されて来たところである。当然答えはなかった。

私たちの沈黙でさらにいら立った兵長に、警備兵の一人が「そこに日本人がいる」とだけ答えた。囚人たちはいっせいに私の顔を見た。日本人なら当然泳げるはずだという、先入主のようなものが彼らにあったことは、私にも想像できた。私はまったく不用意に立ちあがった。それは文字どおり不用意に起きた。反応のすばやさにややとまどったような警備兵の前で、私は衣服を脱いだ。上衣とズボン、シャツとズボン下、それが私が脱いだものの全部である。旧警備長が決断しかねているあいだに、水際までの十歩ほどの距離を私は歩き出していた。何もかもがまったく不用意で、唐突であった。警備兵の一人が水際まで追って来たが、べつに止める様子はなかった。ボートは丁度私のま向いの位置にあったので、そのまま泳ぎ出せばおそらくボートよりもずっと下流側へ流れつくことになることは私にもよくわかったが、それはどうでもいいことであった。私には対岸へたどりつく意志がまったくなかったからである。

　河はなかなか深くならなかった。ひょっとするとこのまま向う岸まで歩いてわたれるのではないかと思ったとき、一挙に胸までの深さに沈みこんだ。私がそこでひと息ついたとき、上流寄りの岸からオギーダの叫び声が聞え、つづいて五、六発の銃声が起った。私の三メートルほど前へ、扇形に水煙りがあがった。私は瞬間その位置で立ちすくんだのち、のろのろと岸へ引返した。岸へたどりつくまでが、私にはおそろしく長い時間に思えた。やっとのことで岸へあがった私は、かけよって来たオギーダにいきなり銃床でなぐり倒された。

そのまま砂地へへたりこんだ私をしばらく見据えていたオギーダは、警備兵たちの方をきっとふり向くと、誰がこの男を泳がせたのかと鋭く詰問した。警備兵も囚人も、申しあわせたように黙っていた。もし私を弁護する者があらわれなければ当然私は逃亡と見なされる立場にあったが、私にはもうどうでもいいことであった。たぶんオギーダも警備長として、最終責任を問われることになるだろう。警備兵と囚人たちの石のような沈黙のなかで、オギーダと私だけが孤立するという奇妙な状態をすばやく見てとったオギーダは、すぐさま警備兵を配置につけると作業を開始させた。私はすわりこんだままの位置から動くことを禁じられ、オギーダ自身の監視下に置かれた。なにもかも死に絶えたような長い一日がはじまった。オギーダは五、六歩はなれた位置からときどき私をふりかえったが、ひと言ものをいわなかった。陽がしだいに高くなるにつれて、あたりを飛びかうマシカの数もふえた。河のほとりでは、他にくらべればマシカはすくない方であったが、それでも素裸でマシカのなかに坐っているのは苦痛にはちがいなかった。

正午の休憩にはいって、囚人たちを一カ所に集めたあとで、オギーダが私のそばへ来て、脱ぎすててあった衣服を私の前へ投げた。「着ろ[アジェワイ]。」オギーダの顔に怒りの色はなかった。だまって服を着ている私に、オギーダが妙なことをたずねた。「シガーラ、お前はウクライナ人か。」私が日本人だと答えると、オギーダはうなずいて自分の定位置にもどった。この奇妙な対話は一種の象徴のようなものとなって、その後ながく私の心にのこった。

帰営後、私はそのまま営倉へ収容された。収容所長へオギーダがどのような報告をしたか知るよしもなかったが、私の営倉入りは一日ですみ、その日のうちに他の作業班へまわされた。オギーダ自身も、間もなく他の収容所へ転属した。

これらすべての出来事は、ただ私一人の出来事として、周囲の完全な無関心のなかで起り、そして終った。またしても私は不用意に生きのびた。それが、その事件が私にたいしてもつことのできたすべての意味である。みずからの意志でみずからを決定するということを、およそそのときから私は断念した。

（「都市」一九七〇年七月、『日常への強制』）

強制された日常から

……人びとは文字どおり自分を喜ばせることを忘れているのであり、
あらためてそれを学びなおさなければならないのである。
フランクル『夜と霧』(霜山徳爾訳)

『夜と霧』を読んで、もっとも私が感動するのは、強制収容所から解放された直後の囚人の混迷と困惑を描写した末尾のこの部分である。

彼らはとつぜん目の前に開けた、信じられないほどの空間を前にしながら、終日収容所の周辺をさまよい歩いたあげく、夜になると疲れきって収容所へ戻ってくるのである。これが、強制された日常から、彼らにとってあれほど親しかったはずのもう一つの日常へ〈復帰〉するときの、いわばめまいのような瞬間であり、人間であることを断念させられた者が、不意に人間の姿へ呼びもどされる瞬間の、恐れに近い不信の表情なのである。

それはおそらく、彼らが経験しなければならなかったかずかずの悲惨の終焉ではない。それは彼らが、〈もう一つの日常〉のなかで徐々に覚醒して行く目で、自分たちが通過して来た目のくらむような過程の一つ一つを遡行して行くその最初の一歩であり、およそ苦痛の名に値するものはそのときからはじまるのであって、それらの過程のことごとくを遡行しつくすまでは、〈もう一つの日常〉への安住なぞおよそありえないのである。

私が〈恢復期〉という言葉で考えようとしているのは、このような苦痛によって裏打ちされた特殊な期間の経験である。強制収容という異常な拘禁状態と、これにつづく解放期―恢復期との関係は、前者において状況だけがほとんど先取りされ、これに対応する苦痛は後者、恢復期へ保留されていること、すなわち拘禁状態にたいする本当の苦痛は、拘禁が終ったのち、徐々に、あるいは急速に始まるということである。

さらに、この二つの期間のもう一つの特徴は、肉体と精神の反応がはっきり分裂していることであって、このことは、恢復期における両者の立直りのテンポが大きくずれていることのなかに集約的にあらわれている。というよりは、両者ははっきりと別の方向をたどる。肉体は正確に現実に反応する。それはフランクルがいうように、文字どおり現実に「つかみかかる」。それは正確に生理学的な法則をたどって恢復し、ついに「恢復しすぎる」に到る。だが精神は、このときようやく拘禁そのものの苦痛を遡行し、経験しはじめるのである。

この、いわば異常肥大化する肉体と、解放の時期にはじめて収監される、極度にいたみやすい精神とのあいだの断層が、実は恢復期の痛みの実体なのである。このような恢復期を二度——一度はハバロフスク、二度目は帰国直後の日本で私は経験した。最初の恢復期の混乱を理解するためには、これに先立つ期間に私たちが置かれた環境を説明しなければならない。

私は昭和二十四年から二十五年にかけて、東シベリヤの密林地帯で二十五年囚としての刑に服した。バイカル湖西方、バム〈バイカル・アムール〉鉄道に沿って強制収容所が点在するこの地帯は、慣れた囚人でもしりごみするところである。この、ほぼ一年にわたる期間が、結局八年の抑留期間を通じて最悪の時期となった。この時期は私たちにとって入ソ後二回目の、いわば〈淘汰〉の時期にあたる。

最初の淘汰は、入ソ直後の昭和二十一年から二十二年にかけて起り、私の知るかぎりもっとも多くの日本人がこの時期に死亡した。死因の圧倒的な部分は、栄養失調と発疹チフスで占められていたが、栄養失調の加速的な進行には、精神的な要因が大きく作用している。それは精神力ということではない。生きるということへのエゴイスチックな動機にあいまいな対処のしかたしかできなかった人たちが、最低の食糧から最大の栄養を奪いとる力をまず失ったのである。およそここで生きのびた者は、その適応の最初の段階の最初の死者から出発して、みずからの負い目を積み上げて行かなければならない。

すなわちもっともよき人びとは帰って来なかった。（フランクル『夜と霧』）

いわば人間でなくなることへのためらいから、さいごまで自由になることのできなかった人たちから淘汰がはじまったのである。

適応とは「生きのこる」ことである。それはまさに相対的な行為であって、他者を凌いで生きる、他者の死を凌いで生きるということにほかならない。この、他者とはついに「凌ぐべきもの」であるという認識は、その後の環境でもういちど承認しなおされ、やがて〈恢復期〉の混乱のなかで苦い検証を受けることになるのである。

この時期を経たのち、私たちの淘汰はすこしずつゆるやかな過程をたどるようになり、死はしばらく私たちのあいだでは例外となった。わずかに最初の淘汰に洩れて私たちの側へ残りながら、なお適応へのためらいを捨てきれずにいた者が、櫛の歯が折れるように間をおいて、不幸な先例を追ったにすぎない。

二度目の淘汰は、昭和二十四年から二十五年にかけて起った。あずかり知らぬ偶然によって一般捕虜のあいだから私たちは選り分けられ、法廷へひきわたされた。それらの理不尽な経過のひとつひとつを拾いなおすことは、今ではほとんど無意味である。私たちを摘発した側のひとりひとりにとっても、それはただ困惑でしかないだろう。

太平洋戦争中ほぼその戦力を温存しえた関東軍は、戦闘状態が完全に終熄したのちに、初めて最大の損害をこうむった。八十五万の捕虜から差し引かれた五万の死者と七万の消息不明者(そのほとんどは死亡したはずである)は、すべてが平時に還ったのちに発生した損害である。そののちさらに三千に近い日本人が、サンフランシスコ条約の締結に備えてソ連政府の手許へ保留された。極東軍事裁判とは無関係の〈かくし戦犯〉である。これらの処断の手続きはソ連の〈国内法〉によって行なわれ、外国人であるにもかかわらず、ソ連邦の市民権を剝奪されたが、このような形式的矛盾はその後の私たちの困難には実質的に無関係である。その後の環境のなかでの私たちの行動について最終的に責任を負わなければならないのは、私たち自身である。私たちを支配した環境が、それを余儀なくさせたという弁明は通らない。にもかかわらず、ついにいたし方ない過程をたどって、私たちは堕落して行ったのである。

堕落の第一は、私たちに対する非人間的な処遇、すなわち囚人たる地位への順応である。起訴状を読みあげた保安将校は、はっきり「ヴァエンヌイ・プレストゥプニク」

〈戦争犯罪人〉という名称を使用したが、私たちには直接の犯罪意識はさいごまでなかった。私たちはこの判決が、私たちには無関係の意図によって行なわれたことにおぼろげながら気づいていたからである。〈かくし戦犯〉の選別は昭和二十三年の秋ごろからはじまり、翌年秋の初めに打ち切られた。おなじ部隊のものでも、この時期以降は一般捕虜として無事帰国している。したがって、〈かくし戦犯〉が一定数に達したとき、ソ連政府は選別を打ち切ったと考えることができる。

いずれにしても、私たちに対する法的な処断は、ある政策的な意図によるものであり、適用条項である刑法五十八条(反ソ行為)によって、私たちの良心が拘束されるはずはなかった。しかし、判決を終るやいなや処遇は一変した。私たちは五十八条が規定するとおり、国家に対する犯罪者として取り扱われることになり、まさにそのように扱われた。起訴から判決までの数カ月のあいだに、私たちは戦争犯罪人から、一国の国内犯へ切りかえられた。したがって私たちは、判決にさいし、ソ連邦の市民権を剝奪されたのである。

私たちの〈格下げ〉は、まず判決直後収容されたカラガンダ第二刑務所で始まり、爾後加速的に取扱いは苛酷になった。これらの経緯の詳細を語ることは、今ではあまり意味がないが、一例をあげると「ストルイピンカ」(拘禁車)での経験がある。ストルイピンカとは、限られた数の囚人の輸送にもっぱら使用される車両で、一般の列車に連結して運行される。正式の名称は知らないが、囚人のあいだではもっぱらストルイピンカで通っていた。ストルイピンカとは帝制末期の内相ストルイピンの名に由来している。

通常緑色の兵科章をつけているストルイピンカの警乗兵は、もっぱら囚人護送を専門に担当しており、囚人にたいしてはとくに粗暴である。昭和二十四年秋、私たちは東シベリヤへ向けてカラガンダを出発したが、このときはじめてストルイピンカの扱いを経験した。乗車は夜明け前、一般乗客に先立って行なわれ、十人程度のグループに区切って警乗兵に引き渡される。

ストルイピンカの内部はいわば留置場であって、片側が監視廊を兼ねた通路になっており、通路に沿って鉄格子で厳重に仕切られた留置室が奥まで並んでいる。ここで私たちは、どのような扱いをも甘受せざるをえない自分たちの身分を、徹底して思いしらされる。私たちはまず通路へ横隊に並ばされ、警乗兵の目の前で、手ばやく上衣とズボン、靴を脱いで、所持品とともに足もとへならべなければならない。脱ぎおくれた一人が、いきなり警乗兵に蹴倒された。私たちが留置室へ追いこまれたあとも、通路からは警乗兵の罵声や、床に倒れる囚人の音がつづいた。

ストルイピンカ乗車直後に、例外なく囚人が経験する過剰ともいえるこの威嚇は、あきらかにある示威的な意図を含んでいる。爾後、輸送中つぎつぎに強いられる経験は、国家にたいする犯罪者としての自認を、いやおうなしに私たちに迫った。発車直後にまず私たちが味わった苦痛は渇きである。ストルイピンカでは食糧は支給しない。私たちは刑務所を出発するさい三日分の黒パンと塩漬けの鱒を一匹支給されたが、その夜一泊した民警(警察)の留置場でたちまち平げてしまった。

いつ盗まれるかもしれないという不安と、輸送中は労働がないという安心からでもあったが、なによりも満腹感が味わえるという狂喜に近いものが私たちの分別を奪ったのである。その後の苦い経験から、ストルイピンカ乗車前には、一切飲食いしてはならないことを骨身にこたえて思い知ったが、ストルイピンカについてはまったく無知だったそのときの私たちにとっては、どうにもならないことであった。

三日分の黒パンと塩鱒一匹をまるごと平げた結果は、発車直後の猛烈な渇きとなってまずあらわれた。どの留置室からも渇きを訴える声がきこえ、次第に哀願に近いものに変って行った。二、三時間おきの停車時に備付けの三つのバケツで、順番に留置室へまわされる水は、おりかさなるようにして口をつける囚人たちによって、あっというまになくなった。飲みあらそってバケツをひっくりかえした留置室へは、つぎの順番が来るまで水は支給されない。警乗兵に口汚くののしられながら、這いずるようにしてバケツにしがみつく同囚のあいだで、私はほとんど目がくらみそうであった。

こうした混乱をくりかえしながら、すこしずつ渇きがおさまるころから、私たちははげしい尿意に悩み出した。前夜の三日分の食糧をまたたくまに消化した胃腸は、さらに容赦なくその排泄を私たちに迫った。ストルイピンカの便所は大小一つずつしかない。許されてそこへ行ける者は、順番に一人だけである。かろうじて順番にありついた者は、おそらく翌日までその機会がないことを考えて、できるだけ全部の用をすまそうとして、最大限の時間をそこでねばる。そこには同囚の苦痛にたいする顧慮はすでにない。その結果、私たちの目の前で何人もの囚人が、用もすまないうちに便所から引きずり出されて留置室へ追いこまれた。

こうして、二十四時間にかろうじて一度まわってくる順番を、鉄格子にひしめきながら待つうちに、私たちはしだいに半狂乱に近い状態におちいった。こらえかねて留置室の床へ排便した者は、ただちに通路へひきずり出されて、息がとまるほど足蹴にされたのち、素手で汚物の始末をさせられた。この拷問にもひとしい輸送日程は三日で終り、かろうじて私たちはペトロパウロフスクのペレスールカ(中継収容所)に収容されたが、わずか三日間の輸送のあいだに経験させられたかずかずの苦痛は、私たちのなかへかろうじてささえて来た一種昂然たるものを、あとかたもなく押しつぶした。ペレスールカでの私たちの言動には、すでに卑屈なもののかげが掩いがたくつきまとっており、誰もがおたがいの卑屈さに目をそむけあった。

ストルイピンカによる輸送は、通常三日か四日で打ち切られ、いったん沿線のペレスールカへ囚人を収容する。それ以上長途の輸送は、必要以上に囚人を疲労させるからである。このため沿線の目ぼしい都市には、かならずといっていいほどペレスールカが設けられている。ここで囚人は一週間ほど〈静養〉期間を与えられ、体力の恢復を待って、ふたたびストルイピンカに引き渡される。

こうした過程をつぎつぎにたどるうちに、正常な状態ではとうてい受け入れようのない処遇を、当然のこととして私たちは受け入れるようになる。かつて人間であったという記憶は、しだいにいぶかしいものに変って行くのである。

適応とは「生きのこる」ことであり、さらにそれ以上に、人間として確実に堕落して行くことである。生きのこることは至上命令であり、そのためにこそ適応しなければならないのであり、そのためにこそ堕落はやむをえないという論理を、ひそかにおのれにたどりはじめるとき、さらに一つの適応の段階を私たちは通過する。

このような環境をはるかに遠ざかったいま、安んじて私たちはそれを堕落と呼ぶかもしれない。だが、任意のいかなる時期にそう呼びうるにせよ、私たちが堕落の過程を踏んだのは事実であり、それに責任を負わなければならないのは私たち自身である。ある偶然によって私たちを管理したものが、規定にしたがって私たちを人間以下のかたちで扱ったにせよ、その扱いにまさにふさわしいまでに私たちが堕落したことは、まちがいなく私たちの側の出来事だからである。

堕落の第二は、囚人のあいだでの救いようのない相互不信である。このような相互不信をもたらす恰好な例として、よく知られたノルマ制度がある。ノルマ制度とは一日の作業課題を完遂した者を一〇〇パーセントとし、褒賞によってその超過遂行を奨励する制度として知られているが、囚人に適用されるとき、それはきわめて陰惨なかたちをとる。

強制収容所の一日の食糧には厳重な枠があり、これをこえることは許されない。この総量を囚人の頭数で割った平均一人あたりの量は、囚人一人の生命をかろうじて維持できても、その労働力をとうてい維持できる量ではない。囚人の労働時間は一日十時間である。食事は朝夕の二回であるが、主食のほとんどは朝支給される。

このきめられた食糧の枠で、ノルマ制を実施することになると、一部の囚人に加給される食糧は、当然他の囚人の犠牲においてまかなわれることになる。収容所側は食糧の平等な分配を厳重に禁止しているため、作業班長はやむなく書類上の操作で、何人かのノルマ遂行者と未遂行者を作って報告する。報告はそのまま炊事へまわされ、翌朝の食事にはっきりと差のついた給食となってあらわれる。

もっとも明確に格差がつくのは主食の黒パンであって、増食組と減食組との差は、しばしば後者が前者の半分以下になる。多少とものわかった作業班では、この増食と減食を班の内部でたらいまわしにするが、いずれは特定の囚人に固定せざるをえない。常時増食にあずかるのは、若いまだ頑健な囚人か、もしくは班長となれあった一部のグループである。減食組はいずれは老人か、すでに栄養失調の症状のあきらかな病弱者に固定されざるをえない。作業班自体としても、サボタージュの罪に問われない水準に班の実績を維持するためには、こうした〈荷厄介〉の食糧を削らざるをえないのである。

だが問題は、増食組にも減食組にも属さない中間の層である。作業班の労働力は、実質的にはこの層に集中している。したがって作業班長は増食の一部を、この層にまわさざるをえないが、彼らをつねに競争状態に置くために、これを特定の個人に固定しない。このいわば〈浮動食〉にありつくために、多少とも体力の残っている囚人は、その全力をかけるのである。そのあげくにかろうじてありつく増食が、そのために消耗した体力をまかなうことはほとんどない。私たちはながい適応の経験から、そのことを知りつくしているはずであった。だが、現実に目の前に置かれる日ごとのパンの重みは、結局は一切の教訓をのりこえる。

こうして私たちは、みすみす結果があきらかなはずのこの生存競争に、とぼしい体力をあげて立ち向わざるをえなくなるときまで、さいげんもなくつづけられるのである。それは体力の限界でついに競争を断念せざるをえない。私たちにとって二度目の淘汰にあたるこの時期に、比率的にはもっとも多くの犠牲者がこの中間層から出た。しかも日本人受刑者は、もっとも多くこの層に属していたのである。

このような競争を経て、明確に格差をつけられた食卓は悲惨そのものである。そこではある者が、ありありと他の生存をおかすかたちをとる。およそ一切の処遇にたいして、すでに麻痺したはずの囚人の神経も、食事にたいしては考えられないほど鋭敏である。彼は、いま隣りあっている囚人が、あきらかに自分の食糧を〈奪取〉しつつあることを直感する。そして不幸なことに、弱者のこの直感はつねに正しいのである。

このような食事がさいげんもなく続くにつれて、私たちは、人間とは最終的に一人の規模で、許しがたく生命を犯しあわざるをえないものであるという、確信に近いものに到達する。第二の堕落はこのようにして起る。食事によって人間を堕落させる制度を、よしんば一方的に強制されたにせよ、その強制にさいげんもなく呼応したことは、あくまで支配される者の側の堕落である。しかも私たちは、甘んじて堕落したとはっきりいわなければならない。ハバロフスクでの私たちの恢復期には、おおよそこのような体験が先行している。

昭和二十五年秋、バム鉄道沿線の日本人受刑者は、突然タイシェットへ送還され、日ならずして梯団を編成、シベリヤ本線を東へ向け出発した。輸送先はハバロフスクであった。

私たちは、すでに捕虜が帰還したあとの六分所に収容され、その日のうちに全員の健康診断が行なわれたが、診断に医学的な手続きはほとんど不要であった。私たちがシャツを脱ぐだけで、徴候は明白だったからである。私たちの説明を聞き終ったソ連人軍医は、首を振って「そんなことは考えられない」と答えただけであった。

この日から私たちの〈恢復期〉がはじまる。八時間の労働と、日に三度の平等な食事。季節はすでに冬へ向っていたが、肉体――それは健康というなまやさしい言葉では表現できない――の恢復はほとんど暴力的であった。私たちは、食べたその分だけ確実に肥った。禁欲を一挙に破られた消化器官は、例外なくアレルギー症状におそわれ、私たちははげしい下痢になやみながら、正確に肥っていった。「食っただけちゃんと肥る。まるで豚だ」という軍医の言葉を聞いたとき、私は生存そのものがすでに堕落であるという確信につきあたって、思わず狼狽した。

十月のなかば、私は所内の軽作業にまわされていた他の数人とともに、ハバロフスク郊外のコルホーズの収穫にかり出された。ウクライナから強制移住させられた女と子供ばかりのコルホーズで、ドイツ軍の占領地域に残ったという理由で、男はぜんぶ強制労働に送られたということであった。だが小声で語る女たちの身の上ばなしに、ほとんど私は無関心であった。他人の不幸を理解することが、私にはできなくなっていた。周囲が例外なく悲惨であった時期に、悲惨そのものをはかる尺度を、すでにうしなっていたのである。このことは、つぎの小さな出来事がはっきり示している。

正午の休憩にはいって、女たちはいくつかのグループに分れ、車座になって食事の支度をはじめた。私たちはすこしはなれた場所から、女たちのすることをだまって見ていた。小人数の〈出かせぎ〉には昼食は携行せず、帰営後支給されることになっていたからである。食事の支度を終った女たちは、手をあげて私たちを招いた。「おいで、ヤポンスキイ。おひるだよ。」

それは私たちにとって、予想もしなかった招待であった。そのようにして、他人の食事に自分が招かれているということは、ほとんど信じられないことだったからである。私は反射的にかたわらの警備兵を見あげた。このようなかたちでの一般市民との接触は、むろん禁止されている。警備兵は、女たちの声が聞こえなかったかのように、わざとそっぽを向いていた。「いきたければいけ」という意味である。

私たちは半信半疑で一人ずつ立ちあがって、それぞれのグループに小さくなって割りこんだ。われがちにいくつかのパンの塊が私の手に押しつけられた。一杯にスープを盛ったアルミの椀が手わたされた。わずかの肉と脂で、馬鈴薯とにんじんを煮こんだだけのスープだったが、私には気が遠くなるほどの食事であった。またたくまに空になった椀に、さらにスープが注がれた。息もつがずにスープを飲む私を見て、女たちは急にだまりこんでしまった。私は思わず顔をあげた。女たちのなかには、食事をやめてうつむく者もいた。私はかたわらの老婆の顔を見た。老婆は私がスープを飲むさまをずっと見まもっていたらしく、涙でいっぱいの目で、何度もうなずいてみせた。そのときの奇妙な違和感を、いまでも私は忘れることができない。

そのとき私は、まちがいなく幸福の絶頂にいたのであり、およそいたましい目つきで見られるわけがなかったからである。女たちの沈黙と涙を理解するためには、なお私には時間が必要であった。

翌年にはいって、健康の恢復はようやく絶頂を過ぎ、私たちの食欲は目にみえておとろえはじめた。収容所生活で食事への関心がうすれるということは、あきらかに不幸な徴候である。それは、ほとんど生きがいをうしなうにひとしい。このときになって私は、バム地帯での一日一日が、いかに確固とした期待によってささえられていたかということに気づいて、愕然としたのであった。私たちの体力はほぼ入ソ直前の水準まで恢復し、ほとんどが申しぶんなく肥っていたにもかかわらず、容貌は弛緩し、表情は荒廃していた。食事への関心がうしなわれたいま、私たちには考えることがまったくなかったからである。肉体と精神の恢復のずれは、このころからしだいにはっきりしたかたちをとりはじめた。

ハバロフスクはようやく春を迎えようとしていた。極東地方の春はおそく、そしてみじかい。その訪れ方のはげしさにおいて、ハバロフスクの春はまさに象徴的であった。春は、短い期間をそれこそ嵐のようにかけぬける。それは一夜のうちに街を占領し、樹木と人をあらあらしくゆりおこす。春がこのようにはげしい季節だとは、予想もしないことであった。そして、このむせかえるような季節の息づかいは、かろうじて私たちのなかにたもたれて来た均衡を、手あらくゆさぶった。

人がその恢復期にあって、もっともねがうものはなにか。おそらくそれは、均衡の確立である。しかし事実は、この恢復期においてこそ、もっとも大きく均衡がうしなわれるのである。恢復期以前にあって、それなりの次元でかろうじてたもたれて来た心身の均衡が、この時期に大きくくずれる。恢復期に特有の混乱と痛みがこれにともなう。衰弱した精神にふさわしく肉体が衰弱することによって、それなりにたもたれて来た均衡は、まず肉体によって破られる。肉体は容赦なく恢復し、恢復した状態をさらにこえる。恢復した肉体は、あらあらしく生きる目標を求める。食うことがもはや目標であることをやめたいま、精神がそれを肉体に示さなければならない。しかも拘禁された状態のままで。

　精神も私たちのなかで、たしかに恢復しつつあった。しかしそれは、肉体の恢復のようなよろこばしい過程ではけっしてない。それ自体が自己目的に近い肉体の恢復とはちがい、精神の恢復は、なによりもまずその痛みの恢復である。それは、コルホーズの女たちの沈黙と涙を、痛みとして受けとめる感受性を、生きているという事実の証しとしてとりもどすことである。そしてこのような過程が、ハバロフスクでの最初の春の訪れとともにはじまったことは、私にとってけっして偶然なことではなかった。

　その頃、私は市内の建築現場で働いていたが、ある日出来あがったばかりのバルコニーから、茫然と街を見おろしていたとき、かたわらの壁のかげで誰かが泣いている気配に気づいた。私のよく知っている男であった。十七のとき抑留され、ハバロフスクで二十二になったこの〈少年〉が、声をころして泣きじゃくるさまに、私は心を打たれた。泣く理由があって、彼が泣いているのではなかった。彼はやっと泣けるようになったのである。バム地帯で私たちは、およそ一滴の涙も流さなかった。

　私たちの精神が平均的に新しい環境に対応できた時期はようやく終りに近づいていた。私たちがひとりひとりの意志で、これに対応しなければならない時期が来たのである。適応という生物学的な過程をしいられた時期はすでに過ぎたにもかかわらず、私たちは、みずからの意志によって、みずからの姿勢をえらぶということをほとんど知らなかった。いまやそれを、あらためて学び直さなければならないはずであった。みずからの精神的自立において、おそらくもっとも大きなこの危機に、私たちはほとんど対処する力がなかった。私たちは精神というものをほとんど信じなくなっており、肉体的な法則に呼応することで生きのびて来たようなものだったからである。

　しかし、条件反射という機能は、あきらかに精神の領域に属する。精神はその活動の最初の段階で、おそらく動物的な領域を通過するのであろう。この段階で私たちは、私たちにとって苦痛な問いを本能的に回避した。

　春がすぎるとともに、私たちは目立って陽気で開放的になったが、その過程はあきらかに不自然であり、シニカルであった。この期間はいわば〈解放猶予〉ともいうべき期間であり、この時期に私たちは、自由ということについて実に多くの錯誤をおかしたのである。

最大の錯誤は、人を「許しすぎた」ことである。混乱はまず、私たちのあいだの不自然な寛容となってあらわれた。病的に信じやすい、酔ったような状態がこれにつづいた。

「おなじ釜のめしを食った」といった言葉が、無造作に私たちを近づけたかにみえた。おなじ釜のめしをどのような苦痛をもって分けあったかということは、ついに不問に附されたのである。たがいに生命をおかしあったという事実の確認を、一挙に省略したかたちで成立したこの結びつきは、自分自身を一方的に、無媒介に被害の側へ置くことによって、かろうじて成立しえた連帯であった。それは、われわれは相互に加害者であったかもしれないが、全体として結局被害者なのであり、理不尽な管理下での犠牲者なのだ、という発想から出発している。それはまぎれもない平均的、集団的発想であり、隣人から隣人へと問われて行かなければならないはずの、バム地帯での責任をただ「忘れる」ことでなれあって行くことでしかない。私たちは無媒介に許しても、許されてもならないはずであった。

私が媒介というのは、一人が一人にたいする責任のことである。一人の人間にたいする罪は、一つの集団にたいする罪よりはるかに重い。大量殺戮（ジェノサイド）のもっとも大きな罪は、そのなかの一人の重みを抹殺したことにある。そしてその罪は、ジェノサイドを告発する側も、まったくおなじ次元で犯しているのである。戦争のもっとも大きな罪は、一人の運命にたいする罪である。およその一点から出発しないかぎり、私たちの問題はついに拡散をまぬかれない。

　私たちはこの時期に、あらためてひとりひとりの問いとならなければならないはずであった。肉体的には、私たちは、ほとんどおなじ条件で、いわば集団として恢復した。しかし精神としては、私たちはひとりひとりで恢復しなければならない。なぜなら、集団のなかには問いつめるべき自我が存在しないからである。そしてこの、問いつめるべき自我の欠如が、私たちを一方的な被害者の集団にしたのである。

　人間の堕落は、ただその精神にのみかかわる問題である。肉体は正確に反応し、適応するだけであって、そのこと自体は堕落ではない。堕落はただ精神の痛みの問題であり、私たちが人間として堕落したのは、一人の精神の深さにおいて堕落したのであって、もし堕落への責任を受けとめるなら、それは一人の深さで受けとめるしかないのである。私たちはさいごまで、一人の精神の深さにおいて、一人の悲惨、一人の責任を問わなければならないはずであった。だが、精神の密室でそれが問われるとき、私たちは自己にたいして恣意に寛容であることができる。なぜか。私たちはこのようにして、ついに〈権威〉の問題につきあたる。

緩和されたとはいえ、私たちはなお拘禁状態にあり、外側から加えられる拘束にたいしては、いぜん集団として対応せざるをえなかったことが、単独な場での追求を保留させたということもできる。だがもっとも大きな問題は、私たちにのがれがたく責任を問う真の主体である権威が、ひとりひとりの内部で完全に欠落していたことであり、この欠落が私たちを、焦点をうしなったまま、集団的発想へ逃避させたのである。

このようにして恢復期を通じ、精神の自立へのなんらの保証をももちえぬままで、私たちはただ被害的発想によって連帯し、バム地帯での苦い記憶を底に沈めたまま、人間の根源にかかわる一切の問いから逃避した。私自身、あらためておのれの背後へ向きなおり、被害的発想と告発の姿勢からはっきり離脱するという課題を自己に課したのは、帰国後のことである。そしてこれには、抑留のすべての期間を通じ、周囲から自己を隔絶することによって精神の自立を獲得した一人の友人の行動が大きく影響している。

私は八年の抑留ののち、一切の問題を保留したまま帰国したが、これにひきつづく三年ほどの期間が、現在の私をほとんど決定したように思える。この時期の苦痛にくらべたら、強制収容所でのなまの体験は、ほとんど問題でないといえる。苛酷な現実がほとんど一つの日常となってしまった状態から、もう一つの日常へ一挙に引きもどされたとき、否応なしに直面せざるをえなかった二つの日常の間のはげしい落差は、めまいに近いものであった。そしてこのようなめまいのなかで、かつて問われつづけた自分自身をもう一度問いなおして行く過程は、予想もしなかった孤独な忍耐とかたくなな沈黙を私に強いた。恢復期、正常な生命の場へ呼びもどされる時期の苦痛は、それ以後私の最大の関心事となったといっていい。

苦痛そのものより、苦痛の記憶を取りもどして行く過程の方が、はるかに重く苦しいことを知る人は意外にすくない。欠落したものをはっきり承認し、納得する以外には、この過程をのりこえるどのような手段ものこされてはいなかったのである。

そしてこれらの過程のすべてを通じて、私たちはのがれがたく、日常にとらえられており、およそ日常となりえないどのような悲惨も極限も、この世界にはないのだという認識に、やがては到達せざるをえないのである。

帰国後十六年を経たいま、これらの試行錯誤の跡をたどってみて、この時期の混乱と混迷がいまなお克服も整理もされていないことに、おどろくほかはない。私はナホトカからほぼ四日かかって東京に着いたが、この四日という期間の長さを、いまもって私は正確に測ることができない。それは、私の知っているどの時間にも属さない、まったくの異質な時間であった。長い、重い、単調な、乾燥した時間は、ナホトカの汀まで私たちを追って来た。ナホトカの埠頭で私たちはやっとそれをふりきった。興安丸がソ連の領海をはなれたとき、私たちは甲板に出て、安堵して空と海を見た。そのとき私たちをはこんでいたものは、おそらく〈時間〉というものではなかった。いわば二つの時間のあいだの、大きな落差のようなもののなかに私たちはいたのである。

私たちは未来という時間的感覚を、すでにうしなっていた。船が南下するにつれて、私たちはひたすらに過去へ引きもどされて行くような錯覚に何度もとらえられた。風景の展開をまったくともなわない、一種の真空状態のなかでのこの退行感覚は、海をこえてかろうじて帰国したものだけが知っている特殊な錯誤なのかもしれない。私たちは一様に興奮し、一様に虚脱していた。私たちがやがてたどりつく風景は、すでに熟知しているはずのものであり、目を閉じてなぞりつづけたはずのものでありながら、まったく未知のものであり、一秒ごとにただ不安をもって待ちのぞむしかないものであった。だれもがあかるく、陽気に肩をたたきあいながら、そのひとりひとりの目が、苦痛なほど空虚なことを、やむをえぬことのように私は見た。私自身の目も、まちがいなくそうであったはずである。

私たちはいわば、二つの時間のあいだを、「つきとばされた」かたちで舞鶴に着いた。そこでそれぞれの群れに奪い去られた。無際限の海と空のあいだへ不用意に投げ出され、さらに不用意に、理解のいとまもなく、すさまじいつながりのなかへまきこまれたといえるだろう。舞鶴の吸いこまれるばかりの海の紺、松の緑は、その後車窓を通過したすべての風景とおなじく、ただ呆然と私たちの視野を通過しただけであった。

昭和二十八年十二月三日午後、私は東京に到着した。私が想像していた位置に、品川駅があった。だが駅を出て見た東京は、私が想像のなかでつけ加えたどの修正をも、はっきりとこえていた。目の前に展開する一切の速度がちがうのである。速度というものに、まず私はおびえなければならなかった。なんのためにこれほどの速度を必要とするのか、私にはほとんど理解できなかったのである。

新しい環境での違和と疎外の感覚は、まず時間と言葉の面ではっきりあらわれた。数日前まで、私はあきらかに別種の時間のなかにいた。それはいわば、長い管の内部のような閉鎖した空間を流れつづけて来た時間であり、いま私の周囲をまぶしく流れている時間はそれとはあきらかに異質のものであったが、この新しい時間は、ただ私の外側を流れるだけであり、私の内部を支配していたのは、およそどの時間にも属さない私だけのあてどもない時間であった。それはたえまなく切迫し、弛緩して私を混乱させた。いまはただこのような抽象的な表現でしか、帰国直後の混乱を語れないのが残念である。

つづいて私自身の、環境からの疎外を決定的なものにしたのは言葉である。それはまず、生理的な欲求に似た、とめどもない饒舌ではじまった。それは、悪夢のような記憶をただ切れぎれにつづりあわせるだけの、相手かまわずの、さいげんもない饒舌である。あきらかに、べつなかたちでの失語の段階に、私は足をふみいれていたのである。記憶はたえず前後し、それぞれの断片は相互に撞着した。記憶の或る部分だけを取りあげて語るということが、私にはできなくなっていた。「一切を」語りたいという欲求から、さいごまで私はのがれることができなかった。私はしばしば話の途中で絶句し、途方にくれた。そしてこのような饒舌のなかで、私は完全に時間の脈絡をうしなっていた。

私たちの多くは、あのようなかたちで、戦争責任を「具体的に」担って来たという一種の自恃に似たもので、わずかにその姿勢をささえていたかに見えたが、それは、戦争責任を「担わされた」という被害的発想からわずかにずれたところで、かろうじて成立した自恃であった。そしてこの自恃が饒舌に結びつくとき、相手は例外なく困惑または憐憫の表情を示した。

饒舌のなかに言葉はない。言葉は忍耐をもっておのれの内側へささえなければならぬ。結局はそのような認識によって、私は沈黙へたどりついた。欠落したものを確認し、一切の日常の原点を問いなおす姿勢は、そののちかろうじて私に定まった。

（「婦人公論」一九七〇年一〇月、『日常への強制』）

体刑と自己否定

「自我の、非自我による全否定」というのが私に課せられた課題であるが、この課題に即応できる思考は私のなかにはない。私は自分が経験した事実からしか発想できない種類の人間に属する。したがってこの場合も、私自身のせまい経験から出発して、自我なるものをたどり出すしかない。

私は自我について一度だけのっぴきならない経験をしているだけで、自我についての特別な思索や考察をしているわけではない。私は自我の凝縮と防衛しか考えない。自我の展開とか消滅にはほとんど関心がない。それが自我のたどる運命であるなら、当然そうなるはずである。戦争中、私はそのようにして自我の放棄を迫られたのであり、私は当然のこととしてそれを受容したのである。ただその場合、放棄をしいられた部分と、みずからすすんで放棄した部分があるはずである。私が戦争に参加したのは、放棄のこの積極的な部分においてであって、その部分の真の意味での、最終的な責任者は私自身である。もし私に自我の否定という行為が起るとすれば、そのような責任の自己貫徹においてである。

いつの頃からか、私は、単独者とその位置ともいうべき発想を思考の基底とするようになったが、もし私に自我の全否定というような過程が起るとすれば、それはこのような発想を通じてでしかないだろうと私は考える。

自我という言葉は、私にはあまりにも正統的でなじみがたいので、「私の条件では」という保留をつけたうえで、しばらくのあいだ「単独者」という言葉にこだわりたいと思う。あるいは単独者というかたちで、自我の否定ないし止揚はすでに始まっているかもしれないが。

この場合、単独者にいやおうなしに対置されるものは集団であり、その集団のなかの一人が集団を否定するというかたちで、単独者の位置を獲得する。

私は軍隊という確固とした目的をもつ集団に所属したまま敗戦を迎えた。しかし敗戦によって崩壊するはずの軍隊は、そのままの規模で俘虜と呼ばれる集団へ横すべりし、さらにその集団から私は選別され、強制収容所という圧倒的な集団へ再編された。

この、すでに崩壊したはずの集団が疑似集団へと再編されて行く過程で、かつての集団を秩序づけていたかにみえた連帯の体系が、強い人間不信によってつぎつぎに崩壊して行くなかで、一旦は放棄されたかにみえた自我が、遠心力ではじき出されるようにして浮かびあがった。いわばそれは、集団が連帯を喪失することによってはじき出された自我であり、相互に無関係に、ひたすら存続をねがう悲惨な存在としての自我であった。もし自我に、否定さるべき初源の契機があったとすれば、それはこの「ひたすら存続をねがう」ことにおいてであったと私は考える。それは無理由の存続、他者の生命を犯してでも生きのびざるをえない自我の存続である。

この瞬間から、あらゆる人々の、あらゆる人々に対する戦いが燃え上るのである。
（フランクル『夜と霧』）

だが、こうして生き残った自我が、そのままのかたちで単独者へと移行するわけではない。旧軍隊がその枠組を強制されたままで、崩壊する秩序を内部へかかえこんだとき、連帯へひたすら馴れるだけであったその集団から狼狽した姿で一人ひとりの自我がはい出して来た。私はこういう奇妙な秩序の崩壊の例を他に知らない。すでに崩壊し分散したはずの旧い秩序と連帯の持続を要求したのは私たちの身柄の管理者、正確にいえばソビエト国家である。一個の自我として永遠に集団を立ち去るべきはずの個は、このようにしてきのうと寸分たがわぬかたちでふたたび拘束された。ちがっていたのは、管理の最高権威が大本営でなくクレムリンであり、目的が戦闘でなく労働であったことである。秩序のこのような再編成のなかで、ふたたび私たちは自我の放棄をしいられた。そしてそれを私たちにしいたのは軍律ではなく、強制労働による人間の「平均化」である。かつて連帯と思われたものにこの平均化が、ほとんどおなじ平面で入れ代ったのである。あずかり知らぬ人びとの福祉のために、私たちはもう一度隊伍を整えることを要求された。

しかし、私たちの労働の結果が不毛であろうと、一個の具体的な建造物であろうと、私の関知するところではない。私たちにしいられた労働に意味があるか、ないかということろに私自身の発想の起点はないからである。

私にとって重大な問題はそのようなことではない。重大な問題とは、そのような平均化の重圧のなかから、どのような例外としてわずかな人びとが、何をてこにして脱け出したかということである。

「さいわいにして」、そのわずかな例外の一つを私は知っている。おそらくはいかなる教訓となることもないであろう一人の日本人の行動を。

彼について正確な証言を行なうことは困難、というよりは不可能に近い。私は別の機会にこの「明確なペシミスト」について若干の記述を行なったが、それはあくまで外側からみた彼の行動であり、その行動の一つの側面にすぎない。どのような内的な契機によって、そうした行動へ自己を追いつめて行ったか、あるいはそれらの行動を含む彼の全体像については私はほとんど知らない。

ただわずかに想像できることは、そのような追いつめられた条件で、人が容易に立とうとはしなかった加害と被害の問い直しの場に、彼は進んで立ったのだということである。彼は強制収容所という圧倒的な環境のなかで、囚人が徹頭徹尾被害的発想によって行動することにつよい疑念をもったにちがいない。被害的発想とは、囚人として管理されることへのそれであり、同囚の仕打ちにたいするそれである。彼は進んで加害者の位置に立とうとした。誰に。自分に。自分自身への加害者として。この場合の彼の発想と行動には、多分に生体実験的なニュアンスが伴なう。

彼の行為を自己否定ないし自己放棄とみなすことから、ようやく私は、自己処罰ということばに行きあたった。自己処罰とは、自己を被告に見たてての訴追ではない。彼の自己追求の過程のいちじるしい特徴は、自己を自己が裁く法廷を欠いたことにある。法廷とは有罪を争う論証の場である。併し、すでに有罪であることを確信する者にとって、いかなる法廷、いかなる論証の場があるか。

人間は本来なんびとを裁く資格も持っていない。なぜか。人間は本来「有罪」だからである。それが、兵役と強制労働を通じて彼が身につけた思想だったのではないか。彼の姿勢の大きな特徴は、この、裁かるべき法廷をとびこえて、刑そのものへ直結していることにある。彼は一九四九年夏ソ連領中央アジヤの一法廷で重労働二十五年の判決を受け、東シベリヤの強制収容所へ送られたが、この法廷は彼にとって事実上存在しなかったにひとしい。彼がみずからに確信した罪は、彼に適用されたロシヤ共和国刑法五十八条とは無関係である。人間を裁く資格が人間にない以上、彼が形式的に立った法廷は、彼にとってほとんどなんの意味ももっていない。

私はここで、彼とはまったく対照的な立場に立つ一人の詩人を思い出す。

はじめて　神に訊ねる！
じぶんだけ服役してしまふ共犯者は
裏切者か？

（吉原幸子「共犯」から）

ここで詩人が要求しているものは「法廷」である。そして罰が罪に先行すること、あるいは罰が罪を置去りにすることを、彼女は「裏切り」と呼ぶ。罪という言葉を、あたかも誇らしいもののように、彼女はくりかえす。彼女は罪を承認するのではない。罪を「主張」するのである。罪意識のこの特異さに私は注目する。それは、最高の法廷に立っているという、はげしい自認によるものだ。私はその姿勢に、彼女の精神の高さを見るように思う。

吉原幸子の倫理のはげしさは、法廷(むろん形式的な法廷ではない)の存在を主張するところにあり、彼の倫理の高さは、法廷の存在を否定するところにある。

彼はいかなる刑罰を欲したのか。体刑である。彼はしばしば私に、「労働の名に値するものは肉体労働だけだ。精神労働というようなものは存在しない」と語った。そして労働が刑罰として科される強制労働体制にあっては、労働はそのまま体刑となる。労働についての彼の独自の考え方は、おそらくは強制労働のなかで身につけた実感であろう。肉体が担った苦痛こそが、刑罰の名に値する。そして体刑のそのなまなましい痛みを、沈黙して耐える姿勢が、本来加害者である一人の被害者を平均化された被害者の群れから峻別する。その時はじめて、一人の単独者がうまれる。それが彼の考えた「自由」であり(それはストイシズムとはおよそ別のものである)、自己否定ではなかったかと私は考える。

(不明、『海を流れる河』)

無感動の現場から

フランクルの『夜と霧』のなかに、ある日、美しい日没を見た囚人が、「世界ってどうしてこうきれいなんだ」とつぶやく場面がある。この容易ならぬ場面で、一人の囚人の口をついて出たこの「どうして」という疑問詞に心を打たれたことがある。もちろんこれは問いというよりは、意味のない嘆声といった方が正しい。だがその無意味さの故に、この言葉は重大な問いとなりうる。幼児はその無垢な関心の故に、しばしばこのような根源的な問いを発する。

私が心を打たれたのは、およそ不条理なものへの、思いもかけぬ糾弾が、この言葉を背後からささえていると感じたからである。

この「どうして」に答えられるものはいない。というよりは、どのような答えも納得させることのできない問いである。

私の経験では、このような嗟歎には、多くのばあい人間的な感動がともなわない。

実際、強制収容所の囚人にとって、彼らの現実にもかかわらず世界(自然)が美しいということは、それ自体がパラドックスであり、やりきれない現実であって、あと一歩で嗟歎は敵意に変りかねない。それは、いってみれば無責任きわまる美しさであって、自然のその無責任にまさに対応するかたちで、人間の側の無感動がある。そこでは、感動を欠落したままで美が存在しており、人間が自然と対峙するのは、いわば無感動の現場においてである。

極度に無感動をしいられた環境で、唐突に、そしてひときわ美しく自然がかがやく時がある。その美しさは、その環境にとってはむしろいぶかしい。「どうして」という問いは、そのいぶかしさへのまっすぐな反応である。たぶんそれは、無関心なるが故の美しさという、ある種の絶望状態への反証のようなものであろう。およそ人間に対する関心が失われても、なお自己にだけは一切を集中しうるあいだはこのような問いは起らない。自己への関心がついに欠落する時、そのとき唐突に、自然はその人にかがやく。あたかも、無人の生の残照のように。

感動をともなわぬ美しさとは奇妙なものだ。それは日常しばしば出会う、感動する程ではないという美しさとはあきらかにちがう。感動する主体がはっきり欠落したままで、このうえもなくそれは美しい。そしてそのような美しさの特徴は、対象の細部にいたるまではっきりと絶望的に美しい、ということである。いわばその美しさには、焦点というものがない。

感動とは、情動の最も人間的な昂揚であるから、感動をともなわない美しさとは、いわば非人間的な美しさといわざるをえないが、しかしこの、非人間的であることの最大の理由は、見られるもの、たとえば自然の側にあるのではなく、見る人間の側にある。見るものの主体、感動の主体が欠落しているのである。

人は戦場で、しばしばこのような美しさに、面(おもて)をあげた瞬間に向いあう。ミンドロ島の戦野を彷徨した大岡昇平氏に、いきなり向きあった緑の美しさはその例であろう。この美しさは、おそらく荒涼と記憶され、荒涼たるままで回想の座へ復帰する。違和そのものとしての復帰である。

昂揚をもって戦場の生を終らなかったものが、もしかろうじて殺戮の場をうべなえるとしたら、それはこの、主体が故意にはずされた美しさによってである。私たちが永遠に参加できないことによって、たしかに美しいという瞬間はあるのだ。いわばそれは、美しいものの側から見捨てられた、美しい瞬間である。

敗戦後の一時期を私もまた、この無感動の現場ですごした。二十五年囚として私が収容されたのは、東シベリヤの密林地帯、バム(バイカル・アムール)鉄道沿線の強制収容所である。強制収容所という場所は、外側からは一つの定義しかないが、内側からは無数の定義が可能であり、おそらく囚人の数だけ定義があるといっていい。私なりに定義づければ、そこは人間が永遠に欠落させられる、というよりは、人間が欠落そのものとなって存在を強制される場所である。しかし、こういう奇妙な存在の仕方があることに思い至ったのは、それから二十年たってからである。

この時期の私たちには、すでに生き方の問題はなかった。生き方に代って、生きざまだけが際限もなくあった。私たちの行動を支配していたのは倫理ではなく、不安であった。倫理というものが仮にもしあったとしても、それはもはや人間のなかにではなく、自然のなかにあったとしかいえないだろう。

自然といっても、そのほとんどは樹木であったが、私たちの目に映った樹木の、その明確な存在の仕方は、まさに倫理そのものといってよかった。これほど明確なものを、それまでの人生に、いくつ私は見ただろうか。そして私たちが、仮にもしその時の行動にやましさをおぼえたとしても、それは人間に対してではなく、自然のその明確さに対してであったといわなくてはならない。

そしてこの無感動の現場で、幾度となく私が出会ったのは、このような自然の、とりつく島のないような美しさであった。

感動と、極度の無感動との一つの相似点は、そのいずれにも言葉がないことである(もっとも、このいいかたはあまり正確ではない)。ただ、感動においては、すでに存在している言葉を状況が一挙に追いぬいてしまい、言葉が容易に追いつけないでいるのに対して、無感動にあっては、状況をなぞるべき言葉が文字どおりない。いわばそれは、そのままに失語状態である。精神状況の集約的なあらわれとして失語状態があることは、強制収容所という人間不信の体系の大きな特色である。

倫理が人間を追い切れぬ場所で、私はこの不気味な美しさに出会った。声もなく立ちふさがる樹木の高さは、私にはそのままに糾問の高さに見えた。人間のすべての営為が、だらけ切った、自己弁護の姿のままでのめりこむことを、はっきりと拒む自然の姿と私には映った。自然は圧倒的な「威容」として、私の目の前にあった。それはついに、おびやかす美しさであったのか。その不気味さにあらためておびえたのも、その二十年後である。

おそらくは私に、体験の、主体からの自立が始まっているのではないか。そして私が、体験を体験として、追放する時が来ているのではないか。私はそう思う。

(「読売新聞」一九七四年八月、『海を流れる河』)

失語と沈黙のあいだ

私に与えられたテーマは、〈ことば〉ということになっています。それも、人間がことばをうしなうという状態、すなわち失語と、みずからのことばを抑圧するという行為、すなわち沈黙との二つであるらしいのですが、こういった問題を、あらためてことばによって語らなければならないという状態に、一種とまどいのようなものを感じます。

ことばについて、ことばで語れば語るほど、ことばそのものが脱落して行くという状態を、私たちはもう経験しすぎるほど経験しています。私たちは、いわばこういうかたちで、やがてはことばの失速状態、失語におちいって行くわけですが、さらに、語られる問題がことばそのものであり、それを語る手段がことばであるという関係によって、加速的に行きづまらないわけには行きません。

こういったおとしあなを避けるために、私は、話をげんみつに、ことばと私自身とのかかわりに限りたいと思います。言語一般について語ることは、私には苦手ですし、またその素養もありません。

私は戦後ほぼ八年、囚人としてシベリヤに抑留され、その期間に、事実上失語状態に近い経験をしました。失語状態に「近い」というのは、あれが失語状態だといまもってはっきりいい切ることができないからです。はっきりそう指摘できないからこそ、失語状態だといえるのかもしれませんが、この失語状態には部分的な記憶喪失がともなっていて、ながいながいまわり道を何年もたどりなおしてみて、ああ、あの時はすでにことばを失っていたんだ、とやっといえるような状態だったわけです。確認するなどといえる状態ではありません。というのは、失語を確認するためにもまた、ことばが必要だからです。

ですから、私自身の失語への反省は、日本へ帰ったのち、私自身ことばを回復して行く過程ですこしずつ始まったといえます。私は昭和二十四年初め、刑法五十八条――これはいわば国事犯に適用される条項ですが――で起訴されて、判決まで約二カ月間独房に収容されましたが、いま考えてみると、私の失語状態はすでにこのときから始まっていたような気がします。それはまず、自分の運命にたいする切実な関心と不安のなかで、ことばだけが空まわりするといった状態ではじまったわけですが、そういう過程でことばがすこしずつ脱落して行く状態は、けっして自覚されません。というよりは、自覚することは不可能です。

自覚された状態としての失語は、新しい日常のなかで、ながい時間をかけてことばを回復して行く過程で、はじめて体験としての失語というかたちではじまります。失語そのもののなかに、失語の体験がなく、ことばを回復して行く過程のなかに、はじめて失語の体験があるということは、非常に重要なことだと思います。「ああ、自分はあのとき、ほんとうにことばをうしなったのだ」という認識は、ことばが取りもどされなければ、ついに起らないからです。

ですから、失語のほんとうの苦痛は、ことばが新しくはじまるときに、はじまるわけです。ことばを回復すること自体は、けっしてよろこばしい過程ではありません。田村隆一の詩に「ことばなんかおぼえるんじゃなかった」ということばがありますが、この痛切な悔恨が、じつはことばによって行なわれていることに注意してほしいと思います。

私にとって、もっとも苦痛な期間は、ほんとうは八年の抑留期間ではなく、帰国後の三年ほどのあいだであったのですが、このことを理解するためには、肉体の麻痺状態を考えてもらうのがいちばん早いと思います。麻痺というのは、つまり感覚の麻痺、いちばんわかりやすいのは触覚ですが、健康な皮膚が正常な感覚をたもっている状態は、いうまでもなく自然で、よろこばしい状態です。それから、皮膚がまったく感覚をうしなって、なんの苦痛も感じなくなった状態も、それなりに自然です。なによりも、苦痛がないということは、それ自身が救いですから。しかし、いったん麻痺した感覚が、徐々にもどってくるそのあいだが、どんなにいやな、苦痛なものであるかということは、たとえば足のしびれなどの経験で、すでに知っておられると思います。ことばが回復するということは、いってみれば、こういう状態だといえます。また、感覚が徐々に麻痺して行く過程を、私たちがほとんど自覚しないということも、失語の過程と非常に似ています。

失語という過程について、私が関心をもつもう一つの問題は、それが周囲の人間とは無関係に起る、完全に孤独な出来事だということです。私は囚人として、強制収容所という圧倒的な環境のなかで、いわば集団として失語状態を経験したわけですけれど、失語そのものは、一人の個人について固有に起ったとしか考えられません。周囲の人間に無関係に、という理由は、ことばをうしなう過程そのものが、人間にたいする関心をうしなって行く過程でもあるからです。

では、ことばというものは、一人きりになった人間にとって、どういう意味をもっているのでしょうか。通常ことばは、人間と人間を結びつけるための手段と考えられています。しかし、私がそのとき置かれていた条件のなかで、ことばの機能をもう一度うたがいながら追いつめて行くと、ことばは結局は、ただ一人の存在である自分自身を確認するただ一つの手段である、という認識に到達せざるをえません。ことばは結局は、自分自身を納得するために、自分自身へつきつける疑問符とならざるをえません。

私は、受刑直前の二カ月間、独房で自分自身と向きあうしか所在のなかったとき、ひっきりなしにひとりごとをいうくせがつきましたが、そのとき私は、とりもなおさず、自分自身を納得するためのことばに向きあっていたのだと思います。それは、はやりのことばでいえば、「死んでもらいます」であり、「生きてもらいます」であったわけです。失語ということが、結局は孤独な出来事であるというのは、こういった自己確認の手段としてのことばを、私たちがうしなって行くことにほかならないからでもあります。

現在は、すべてうしなわれることによって象徴される時代です。うしなわれるのでなければ、現代でないように考えられている時代です。でも、うしなうということは、資格でも特権でもない。このような錯覚から、どんなにしても私たちはぬけ出さなければならないと私は考えます。

ただ、こういうことはいえます。平凡なことですが、ものの価値は、それがうしなわれてみて、はじめてわかる、うしなうということは、いうまでもなく不幸なことです。しかし、その不幸なことによってしか、私たちは、ものごとの存在の重みを知ることができないのです。

ただ私たちには、うしなうということは奪われることだという、被害的発想がげんとしてあります。失語というばあいでも、それはおなじです。しかし、ことばを私たちがうばわれるのではなく、私たちがことばに見はなされるのです。ことばの主体がすでにむなしいから、ことばの方で耐えきれずに、主体である私たちを見はなすのです。見はなされる主体としての責任は、さいごまで私たちの側に残ります。これが、失語という体験を一般的状況のなかへ風化させないで、だれがことばを失ったかという問いを、さいごまで自分自身へ保留するための、いわば倫理であると私は考えます。

いま私は、ことばは自分自身を確認するためのただ一つの手段であるといいましたが、それは、ことばがその機能を最終的に問われる、もっとも不幸な場においてのことです。もし、もっともよろこばしい場でそれが問われるのであれば、それは、一人の人間が一人の人間に語りかけるためのことばでなければならないと、私は考えます。

私たちには、ことばはつねに、多数のなかで語られるものだという気持がありますから、ことばをうしなうことは、人間が集団から脱落することだと考えるわけですけれども、ことばはじつは、一人が一人に語りかけるものだと私は考えます。ことばがうしなわれるということはとりもなおさず、一人が一人へ呼びかける手段をうしなうことだと考えます。

いまは、人間の声はどこへもとどかない時代です。自分の声はどこへもとどかないのに、ひとの声ばかりきこえる時代です。日本がもっとも暗黒な時代にあってさえ、ひとすじの声は、厳として一人にとどいたと私は思っています。いまはどうか。とどくまえに、はやくも拡散している。民主主義は、おそらく私たちのことばを無限に拡散して行くだろうと思います。腐蝕するという過程をさえ、それはまちきれない。たとえば怨念というすさまじいことばさえ、あすは風俗として拡散される運命にあります。ことばが徐々にでも、腐蝕して行くなら、まだしも救いがある。そこには、変質して行くにもせよ、なお持続する過程があるからです。持続するものには、なおおのれの意志を託することができると、私は考えます。私自身、そのようにして、戦争を生きのびて来たと思えるからです。

私事になりますが、私がなぜ詩という表現形式をえらんだかというと、それは、詩には最小限度ひとすじの呼びかけがあるからです。ひとすじの呼びかけに、自分自身のすべての望みを託せると思ったからです。ひとすじの呼びかけと私がいうのは、一人の人間が、一人の人間へかける、細い橋のようなものを、心から信じていたためでもあります。

いずれにしても、ことばのこのような機能をうしなうということは、とりもなおさず私自身を確認する手段をうしなうことであり、また一人の相手を確認する手段をうしなうことであります。それはこの世界で、ほとんど自分自身の位置をうしなうにひとしい。位置をうしなって無限にただよって行くことにひとしいことです。これが、失語という状態のさいごの様相であると私は考えます。

日本へ帰って来てから私が読んだもので、大きな衝撃を受けた書物が二冊あります。ひとつはフランクルの『夜と霧』、もうひとつは大岡昇平の『野火』ですが、帰国後、自分自身の強制収容所体験を問いなおして行く過程で、私はこの二冊の書物から大きな影響を受けました。

私は批評家ではないので、『野火』について多くを語ることはできませんが、ここにも失語について、きわめて示唆に富んだ場面を見ることができます。『野火』を読みはじめたとき、とっさに私が考えたことは、人間はことばをうしなうとき、同時に行為をうしなうということでした。この作品の主人公である田村一等兵がことばをうしなうきっかけが、彼が直属する下士官の罵倒によってはじまることは、きわめて象徴的だといえます。

それが憎しみであるにせよ、そこにはさいごのことばがある。彼は一人のなま身の人間との対話が、たとえどのようなみじめなものであっても、しばらくのあいだ、それができなければあと数分間でもつづくことをねがったわけです。たぶん、その願望はすでに願望であることをこえて、この世とのきずなのはしをすこしでもにぎっていたいという、祈りのようなものであっただろうと思います。人間というものは、いよいよとなると、おそろしいほど直感がはたらきます。人間が人間の生存の条件に無限に接近するのは、人間と動物がおなじになる瞬間かもしれません。

それが対話の宿命です。一人と一人の人間が、もはやお互いに通じなくなったことばで、やっと最小限度の意志を伝えようとする瞬間です。それが絶望的になったとき、彼は、ことばの機能を自分ひとりのものとして担いなおす。つまり沈黙されたことばによって、個としての存在をまもろうとするわけです。

私は、ひとりぼっちで混乱のただなかに立たされた人間の立場というものに、痛いほどの関心をもつわけですが、連帯をたち切ってくるのは、かならず向う側からです。私たちの側からではありません。そして私たちは、向う側からたち切られた連帯を、もういちどこちら側からたち切りなおす、という念の入ったかたちで、はじめてひとりぼっちになるわけです。

この、たちきりなおすという行為を、私は、納得とか承認とかいうことばで呼ぶわけですけれど、でも、もともとそれは、自分からのぞんだ孤独ではなく、いわばみれんがましく置かれた立場としての孤独ですから、それは遠心と求心が均衡する位置で、たえまなくゆれうごいています。孤独が不安であるのは、こうした理由からかもしれません。ここでは、ひとつの決意と姿勢としての沈黙から、失語への移行が、すでにはじまっています。人は、みずからの意志によって沈黙するとき、すでに失語への一歩をふみ出しているといえます。

ことばはたえまなくうしなわれる運命にある。と同時に、私たちは行為をもうしなう運命にあります。ことばをうしなうということは、いわば行為をうしなうことの象徴です。『野火』の主人公のあてどもない放浪は、このようにしてはじまるわけです。

『野火』は、軍隊という確固とした目的をもつ組織から脱落した一人の兵士が、まったくあてどをうしなって漂流して行く状態を、フィクショナルな設定として、さめた意識とことばが厳密に追って行くかたちをとっているわけですが、この過程はもちろん失語の過程と並行して起るわけではありません。失語の過程を追うのは、すでに回復している、いることばであることに、注意していただきたいと思います。これは、私たちのあいだで〈追体験〉とよばれている過程ですが、このばあいの〈追体験〉は、体験そのものをはるかに遠ざかった地点でかろうじて回復したことばが、そこまで漂流した曲折をあらためてたどりなおして、ことばの喪失の原点へ里がえりするかたちで行なわれます。そうしなければ、うしなわれた空間が永久に埋まらないからです。それは、犯行の現場からたえず遠ざかりながら、そこへ引きかえさざるをえない犯罪者の心理に、似ているといえないことはありません。「原点へかえる」という、いまではもう安易にしか使われなくなったことばは、ほんとうはこうした、おそろしく緊張した、孤独な過程の、忍耐づよい積みかさねを意味しています。

このようにして、『野火』の主人公があてどもなくさまよって行くのは、樹木と砂と野犬だけの荒涼たるフィリッピンの自然のなかなのですが、もし、ことばをもっているということで、人間を人間以外の自然から区別するとするなら、その人間がことばをうしなって自然のただなかをさまよう姿は、きわめて暗示的です。人間は、自然がことばをもとうとする願望として、ことばをもたないもののひとつの悲願のように存在しているからです。しかも彼はその自然からも拒まれている。彼は、ことばをうしなったままで、自然ともつかず、人間ともつかないあいまいな状態のなかを漂流して行かざるをえないのですが、失語のイメージとして、これ以上のものはないと私は思います。

私はいままで、失語という状態に即してお話しして来たわけですが、失語についてさらに語ろうとすれば、結局は語ること自体がさいげんもなく失語状態そのものに近づいて行かざるをえません。それは、ことばが拡散されて行く状態を、おなじく拡散されつつあることばで語るから、当然そうなるわけで、ここにも、ことばをことばで語ることの不毛性というおとし穴があるわけです。そしてこれは、とりもなおさず、今日私たちがおかれている言語的状況でもあります。

このような状態から、徐々に、あるいは急激に私たちがたちなおって行く過程には、ほとんどのばあい、異様な、重苦しい沈黙がともないます。病気がなおって行く過程が、逆に病気がおもくなって行く過程であるかのような錯覚がつづき、さいごにその頂点に、ひとつの意志がしっかり据えられます。そのときはじめてことばが回復され、自覚した行為としての沈黙がはじまるわけです。失語状態への苦痛な反省がはじまるのは、このときからです。ことばが回復するということは、ある状態から解放されることではなく、逆に、ふたたびその状態へ、自覚的にかかわり、とらえられて行くことを意味します。ことばを回復するということ自体は、けっしてよろこばしい過程ではないということは、こういった意味においてなのですが、沈黙がふたたび発語の次元にまで高められるためには、回復して行くことばによって、失語状態を確認するということがどうしても必要だと、私は考えます。それは一人の人間として自立して行くためにも必要です。

ことばがさいげんもなく拡散し、かき消されて行くまっただなかで、私たちがなおことばをもちつづけようと思うなら、もはや沈黙によるしかない。そして、そのようにして自分の内部へささえたことばは、一人の自己を確認するためのことばであり、ひとりの対者、一人の敵を確認するためのことばでなければならないと思います。

（「詩学」一九七二年七月、『海を流れる河』）

「耳鳴りのうた」について・1

耳鳴りのうた

おれが忘れて来た男は
たとえば耳鳴りが好きだ
耳鳴りのなかの　たとえば
小さな岬が好きだ
火縄のようにいぶる匂いが好きで
空はいつでも　その男の
こちら側にある
風のように星がざわめく胸
勲章のようにおれを恥じる男

おれに耳鳴りがはじまるとき
そのとき不意に
その男がはじまる
はるかに麦はその髪へ鳴り
彼は　しっかりと
あたりを見まわすのだ
おれが忘れて来た男は
たとえば剝製の驢馬が好きだ
たとえば赤毛のたてがみが好きだ
たとえば銅の蹄鉄が好きだ
銅鑼のような落日が好きだ
笞へ背なかをひき会わすように
おれを未来へひき会わす男
おれに耳鳴りがはじまるとき
たぶんはじまるのはその男だが
その男が不意にはじまるとき

さらにはじまる
もうひとりの男がおり
いっせいによみがえる男たちの
血なまぐさい系列の果てで
棒紅のように
やさしく立つ塔がある
おれの耳穴はうたがうがいい
虚妄の耳鳴りのそのむこうで
それでも　やさしく
立ちつづける塔を
いまでも　しっかりと
信じているのは
おれが忘れて来た
その男なのだ

自分の詩を自分で説明することには、多かれすくなかれ抵抗がともないますが、それは書かれた作品にとって、作者はかならずしも最終的な責任者ではないからだと思います。詩には無意識に書かれる部分があり、その部分で選ばれた言葉やイメージは、しばしば作者にとって説明不可能です。

弁解じみた言い方になりましたが、ここにあげた「耳鳴りのうた」の言葉やイメージには、いまいった意味で、説明しにくいものがいくつかあります。初期の作品には、シベリヤの強制収容所に直接発想したものがいくつかあり、これもその一つです。したがって、「おれが忘れて来た男」は「シベリヤへ忘れて来た男」と読まれて差支えありません。

「耳鳴りのうた」のモチーフは、多分に、フランクルの『夜と霧』の中の、「すなわち最もよき人びとは帰っては来なかった」という言葉に負うています。いわばシベリヤとは、不条理としての自由ということを、のがれがたくつきつけられた場所だといえます。自由とは、最も拘束された場所で、のがれがたい希求としてリアリティをもつものだと私は考えます。もしこの世界に自由という問題があるなら、それは強制収容所においてでなくてはならず、私には自由という問題はあっても自由という観念はないのだと、その当時私は痛切に思いました。

「おれが忘れて来た男」または「最もよき人びと」は、このような自由とわかちがたく結びついています。以来、「苛酷なまでに自由な男」のイメージに憑かれつづけて来たといえます。苛酷な自由とは、拘束に対立する観念ではなく、むしろそれは、一般に考えられている自由に挑戦する自由だと私は考えます。そして、そのような自由は、いわば不幸のように人を訪ねる。なによりも人は、しっかりと自由を担い、そしてそれに「耐え」なければならないのだと思います。この詩を書いたとき、私は自由というものを、そのようなものとして考えていたはずです。

(「野火」一九七四年七月、『海を流れる河』)

〈体験〉そのものの体験

今日のテーマは漠然と〈体験〉ということになっているのですけれども、正直なところ、大変話しにくい問題で、むしろ、私の方から、皆さんに質問したいような気持で、ここへ来た訳です。と言いますのは、何故、若い人が〈体験〉ということに関心を持つのか、今ひとつ私にははっきりしないので、それを皆さんから直接お聞きしたいと思う訳です。たぶん戦争によって、どう仕様もない〈体験〉を持たざるを得なかった私たちの世代と、それからあなた方の世代との間の、いわば〈落差〉のようなものが、私と皆さんを向き合せる理由のようなものではないか、と私なりに考える訳ですけれど、〈体験〉の有無ということを基準に取るこうした世代論的な発想は余り意味がないのではないか、というのが私自身の率直な感想です。一応ここで話をするということになって、〈体験〉ということについて、私なりに考えていることを、思いつくままにまとめましたので、それをあげてみます。これは私が考えていることで、かならずしも一般的だとは思わないのですけれど。

第一に、〈体験〉とは極めて個人的なものだ、というのが私自身の考え方です。戦争は私たちを、言わば集団として、〈体験〉の場に立たせた訳ですけれど、そこで私たちが体験したものの内容は、一人一人違っているはずだと思います。と言うよりは、それらの〈体験〉の一つ一つは、それぞれに隣人の関与し得ない孤独な出来事だったのではないか。

第二に、〈体験〉というものがもし私たちの間で問われるならば、そういうとき、おそらくそれは、言わば極限的体験として問われるのではないか。通常、〈体験〉というとき、それはある激烈で衝撃的な場面で翻弄される人間の姿を連想しがちですけれど、〈体験〉とは果してそういうものだろうか。

第三に、仮りにそうした圧倒的な場面に私たちが置かれたとして、その瞬間に果して〈体験〉というような決定的な出来事が、私たちに起ったと言えるだろうか。

第四に、〈体験〉、特に極限に近い状態での〈体験〉はその人に何らかの教訓をもたらすだろうか。

第五に、私たちは〈体験〉を私たちにとって必要なものとして、求めることができるのか、ということです。

これらの問いに対して、私は別に答えを持っている訳ではありません。ただ今の私に辛うじて言えることは、これらの問いがどこかで転倒しているのではないか、ということです。

〈体験〉という言葉の定義が必要になると思いますけれど、否応なしに何らかの体験をした者にとっては、〈体験〉の定義とはおよそ無意味なものでしかない。体験したという〈事実〉がすべてだ。これはたぶん〈体験〉を論ずるときに、例外なしに私たちが陥る落し穴みたいなものだと思います。〈体験〉がとりあげられるとき、絶対に必要なことは、それ以上でもそれ以下でもない水準でそれが取り上げられなければならないということですけれど、これはほとんど不可能に近い。と言うのは〈体験〉の現場では、〈体験〉の主体は冷静ではあり得ない。その判断は多かれ少なかれ、混乱しており、極端な場合には主体そのものが喪失しており、しかもその喪失した状態がそれ以後も、持続していることが多いからです。したがってそれが本来の大きさと深さで受け止められるためには、何よりも主体の回復、それからそれを考えるための言葉の回復、それからその回復のための時間が必要だ、と私自身の通ってきた経過から考える訳です。

私は戦争が終った昭和二十年の冬から、昭和二十八年の冬まで抑留されて、その期間のほぼ半分を囚人として、シベリアの強制収容所で暮した訳ですけれども、実際に私に強制収容所体験が始まるのは帰国後のことです。と言うのは、強制収容所の凄まじい現実の中で、疲労し衰弱しきっている時には、およそその現実を〈体験〉として受け止める主体など存在しようがないからです。したがって、私に内的な〈体験〉としてのシベリア体験が始まるのは、帰国後、自己の主体を取り戻してきたときからですけれども、〈体験〉そのものは、言わばその時まで準備されていたということが言えるだろうと思います。これは私たちの間では、普通、〈追体験〉と呼ばれている過程ですけれども、私はおよそ〈体験〉と言えるものは、この〈追体験〉しかないように考えます。〈体験〉のあるなしが問われるのは、言わばこの過程に於いてであると言えます。

〈追体験〉に対して、〈原体験〉という言葉がありますけれども、これは様々な記憶の形での、言わば潜在的な、今、申し上げた準備された状態での〈体験〉の予感のようなものだと私は思います。簡単に言えば、情況または事件が起ると同時に、〈体験〉は起らないということです。それは少なくとも〈体験〉に結びつく情況や事件はその規模の如何にかかわらず、深い衝撃を伴うはずであり、その衝撃によって、主体は一時、喪失するか、またはその均衡が破壊されるからであります。したがって、もし私たちに〈体験〉が始まらなければならないなら、この〈体験〉を受け止めるための主体の回復の確立ということが絶対に必要な訳ですけれど、この過程は長い困難な孤独な闘いによって行われる訳です。極く図式的に言いますと、最初に訪れる衝撃は、おそらく偶然なものであって、言わば運命のように人を訪れる。これに対する私たちの反応は、多かれ少なかれ肉体的、防衛的なものであって、起ったことの意味を理解し得ないままで、記憶となって私たちの内部にその痕跡を残す訳です。しかし、〈体験〉の現場を遠ざかった時点で、〈追体験〉として私たちが起す行為は、それはもはや意志的な必然性を持った行為となる訳です。したがって、〈体験〉の現場で最初に起った衝撃は、偶然なものであっても、これを主体的に受け止めて、追って行く、追跡して行く過程は必然的な過程とならざるを得ないということが私の、これは考え方と言うよりは感じです。

シベリアから帰国した後に手さぐりのような状態で、私が詩を書いていたのは、こういった過程の中で、言わば〈原体験〉を受け止めるための充分な主体を持ち得ない時期であった訳ですけれど、私に本当の〈体験〉らしいものが始まるのは、正確に言うとこの時期からです。比喩的に言えば、その時から〈原体験〉が少しずつ目を醒して行くという形で始まった訳です。〈原体験〉に付随していたはずの数々の苦痛、不安、絶望感というものも、実際はこの時から始まる訳です。私は八年間の抑留の後に、一切の〈体験〉を保留したという形で帰国したのですが、これに引き続く三年程の時間が現在の私をほとんど決定したように思います。この時期の苦痛に比べたら、強制収容所での〈生（なま）の体験〉なぞは、ほとんど問題ではないと言えます。この時期に、言わば肉体は解放され、精神は逆に拘束されるという形で〈体験〉が初めてその内容を与えられる訳ですけれど、その時初めて〈体験〉そのものに見合う混乱と苦痛が始まる訳です。この〈原体験〉と呼ばれる最初の出来事と、これを主体的に受け止める過程の間のこういう時間的誤差というものは、私にとっては〈体験〉というものを考えるのに、非常に大事な手掛りになったのです。

私がフランクルの『夜と霧』に出会ったのは、こういう混乱の直中（ただなか）であった訳ですけれど、『夜と霧』によって初めて、〈体験〉を受け止める主体の回復がなければ、〈体験〉そのものはもはや存在しないということを知ったのです。これは〈体験〉そのものを体験するために絶対不可欠の前提条件であると言えます。

私事になりますけれど、私は昨年の末に『望郷と海』という本を出しました。私自身の〈体験〉についてお話しするには、さしあたってこの本を手掛りにするしかないと思うので、これまでの話と多少重複しますが、この本が出来た経緯について少しお話ししたいと思います。

『望郷と海』は、私自身の強制収容所での体験に関する十篇ほどの記述を中心にしたエッセイ集です。私は帰国直後から現在まで、詩を書き続けてきた訳ですが、散文によってこのようなエッセイを書き始めたのは、帰国後十五年程たってからであります。私にとって表現という行為へ追いつめられることに於いて、〈詩〉と〈散文〉のこうした対応の違いは、非常に重要な意味を持っています。詩は帰国後すぐに書き出すことができたけれど、散文を書くためには十五年の準備と言ったら良いでしょうか、そういう期間が必要でした。これは私だけの特殊な例かもしれませんけれど、大変私にとっては大事なことなのです。私にとって、〈詩〉とは、混乱を混乱のままで受け止めることのできる唯一の表現形式であったと言って良いと思います。帰国直後の精神的な混乱とアンバランス、そしてそれに当然付きまとう失語状態から、曲りなりにも抜け出すことができたのは、私に〈詩〉があったからだと思います。その後、私が散文を書き出すまでの十五年程の期間は、外的な〈体験〉を内的に問い直し、それから問い直す主体とも言えるものを確立するための、言わば試行錯誤の繰返しであったということができます。『望郷と海』の第一部に収めたエッセイは、いずれもこれらの体験を自分自身に問い直して行く過程から生まれた訳です。同時にこの過程は、〈体験〉そのものを取り戻して行く過程と言うよりも、それが〈体験〉の名に値するものとして全く新しく私に始まって行く過程であったと言えます。〈体験〉の名に値する体験というのは、外的な衝撃から遥かに遠ざかった時点で、初めてその内的な問い直しとして始まると私は考えています。したがって私に、本当の意味でのシベリア体験が始まるのは、帰国後のことです。もし、このような過程が私に起らなかったとしたら、たとえどのような激烈な情況を通過したにしても、〈体験〉というものは遂になかっただろうと思います。

正直なところ、帰国直後に私が反射的に願ったことは、そういうことであった訳です。問題というものは、もし逃避できるなら、能う限り逃避することに越したことはないというのが、帰国直後の私の正直な考えであった訳です。それは今でも同じことです。真剣な問題である限り、人間は本来これに耐えるようにはできていないと私は考えています。それにもかかわらず、遂に問題に追い縋られるとしたら、更に逃避するためにしばらくはこれと向き合わざるを得ない。『望郷と海』の十篇のエッセイは、いずれもこのような形で、追い縋られて書いたとしか言えないものです。したがってこれらのエッセイはいずれも中途で放棄した形で終らざるを得なかった。問題そのものがすでに私自身を越えていたためでもありますが、更にはこのような考え方が、同時代的に他者に伝達される可能性について、極度に悲観的であったためでもあります。

これらの手記を書き始めるための絶対の前提となったのは、〈告発の姿勢〉や〈被害者意識〉からの離脱ということであります。私はフランクルの『夜と霧』から実に多くのことを学んだのですが、とりわけ心を打たれたのは、〈告発〉の次元からはっきりと切れている彼の姿勢であります。そのことに気が付いた時、私は長い混迷の中から辛うじて一歩を踏み出す思いをした訳です。

極限情況はおよそどのような教訓からも自由であるというのが、私が得た唯一の教訓であります。人は教訓を与えられるために極限情況に置かれる訳ではありません。人はそこではそのまま情況に圧し潰されるか、辛うじてそこから脱出するかのいずれかの道しか残されていない訳です。もしわずかに脱出し得たにしても、帰ってきた者は何らかの形で人間としては破れ果てているという事実、つまり「一人の英雄もそこからは帰って来なかった」という事実を忘れてはならないと思うのです。まとまらない話ですが、以上で私の話を終らせていただきます。

（『位置への査証』一九七六年三月、『一期一会の海』）

Ⅱ　詩の発想

沈黙と失語

はじめに、手がかりをつけるいみで、私自身の作品を一篇引用させていただきたい。

脱　走

そのとき　銃声がきこえ
日まわりはふりかえって
われらを見た
ふりあげた鈍器の下のような
不敵な静寂のなかで
あまりにも唐突に
世界が深くなったのだ

見たものは　見たといえ
われらがうずくまる
まぎれもないそのあいだから
火のような足あとが南へ奔り
力つきたところに
すでに他の男が立っている
あざやかな悔恨のような
ザバイカルの八月の砂地
爪先のめりの郷愁は
待伏せたように薙ぎたおされ
沈黙は　いきなり
向きあわせた僧院のようだ
われらは一瞬腰を浮かせ
われらは一瞬顔を伏せる
射ちおとされたのはウクライナの夢か
コーカサスの賭か

すでに銃口は地へ向けられ
ただそれだけのことのように
腕をあげて　彼は
時刻を見た
驢馬の死産を見守(まも)る
商人たちの真昼
砂と蟻とをつかみそこねた掌(て)で
われらは　その口を
けたたましくおおう
あからさまに問え　手の甲は
踏まれるためにあるのか
黒い踵が　容赦なく
いま踏んで通る
服従せよ
まだらな犬を打ちすえるように
われらは怒りを打ちすえる

われらはいま了解する
そうしてわれらは承認する
われらはきっぱりと服従する
激動のあとのあつい舌を
いまも垂らした銃口の前で。
まあたらしく刈りとられた
不毛の勇気のむこう側
一瞬にしていまはとおい
ウクライナよ
コーカサスよ
ずしりとはだかった長靴（ちょうか）のあいだへ
かがやく無垢の金貨を投げ
われらは　いま
その肘をからめあう
ついにおわりのない
服従の鎖のように

注　ロシヤの囚人は行進にさいして脱走をふせぐために、しばしば五列にスクラムを組まされる。

この詩のモチーフとなった事件については、とくに説明の要はないであろう。昭和二十五年夏、東シベリヤの強制収容所の作業現場で、私はこの光景を目撃した。しかし事実のなまなましさ、さらにその場面を名指しての告発はこの詩の主題ではない。この詩の主題は〈沈黙〉である。このような、極度に圧縮された一回的な状況のなかでは、おそらく絶望というものがはいりこむ隙はない。おそらくそこにあるのは、巨きな恐怖と、この恐怖に瞬間的に対応しなければならない自分自身だけであったと私は考える。この光景の私自身にとっての意味は、自分の目の前で起った鮮烈な出来事とその衝撃を、はっきり起ったものとして最終的に承認し、納得したということである。

　こういう追いつめられた場面では、さいごにきっぱりと承認してそれを受けとめ、のりこえるしか道はのこされていない。私ばかりでなく、多くの日本人がそのようにして、押しつぶされるような衝撃からぬけ出して来た。おのれの立場を、おのれの側から断ちおとすような承認には、当然苛酷な沈黙がはね返って来る。私がいいたいのは、この沈黙が、すべての言葉を囚人が、一挙に取りもどす瞬間であったということである。

このことを理解するためには、この事件に先立って私たちに、ながい〈失語〉の期間があったことを説明しなければならない。言葉をうしなうことと、沈黙することとはまったく次元がことなるからである。

昭和二十四年秋、私は二十五年囚としてこの地域へ送りこまれた。シベリヤ本線のタイシェットから、ほぼ三十キロのこの地点に到達するまでに、私たちには、数段階にわたる適応の過程があった。そしてその過程のひとつを経るごとに、周囲の出来事にたいする私たちの関心は確実に減衰して行った。それは私たちにとって、ある猶予の期間のおそろしく不確かな進行を意味している。最終の絶望はすぐ目の前に屹立しているようでもあり、進むにつれて遠のいて行くようでもあった。そのような不確かな適応の過程が最初に私たちにひき起した反応は、時間の長さとその価値の混乱ということであった。このような混乱は、収容所生活の一つの特徴であって、一日は無限に長く、一年はおどろくほど短い。〈日〉以上の単位として実感できる長さは〈週〉だけで、私たちは一年を事実上日曜をもって区切っていたにすぎない。季節は冬と、冬以外の二つの季節が存在するだけであり、しかも実感としては、圧倒的に冬が長かった。

時間の感覚のこのような混乱は、徐々に囚人をばらばらにして行く。ここでは時間は結局、一人ずつの時間でしかなくなるからである。人間はおそらく、最小限度時間で連帯しているものであろう。人間に、自分ひとりの時間しかなくなるとき、掛値なしの孤独が彼に始まる。私はこのことを、カラガンダの独房で、いやというほど味わった。このような環境で人間が最初に救いを求めるのは、自分自身の言葉、というよりも自分自身の〈声〉である。事実私自身、独房のなかの孤独と不安に耐えきれなくなったとき、おのずと声に出してしゃべりはじめていた。しかし、どのような饒舌をもってしても、ついにこの孤独を掩いえないと気づくとき、まず言葉が声をうしなう。言葉は説得の衝動にもだえながら、むなしく内側へとりのこされる。このときから、言葉と時間のあてどもない追いかけあいがはじまる。そしてついに、言葉は時間に追いぬかれる。そのときから私たちには、つんぼのような静寂のなかで、目と口をあけているだけのような生活がはじまるのである。

ナチの収容所では、このような過程はある程度、応用心理学的なスケジュールを追って進行したかもしれない。だがシベリヤでは、この過程はアジヤ的蒙昧のなかで、ねじ伏せるように進行する。頽廃がいずれの側にあるかは、私の関知するところではない。バルト海岸に到るまで、ロシヤは完璧にアジヤである。

強制労働の一日一日は、いうまでもなく苦痛であるが、しかもおどろくほど単調である。そしてこの単調さが、この異常な環境のなかへ、まさに日常性としかいいようのない状態を生み出して行く。異常なものが徐々に日常的なものへ還元されて行くという異常な現実のなかで、私たちは徐々に、そして確実に風化されて行ったのである。

このような日常性の全体をささえていたものは、ある確固とした秩序である。私たち囚人のあいだに、連帯というべきものは最初からなかった。同民族の囚人のあいだでさえそうであった。同時に、私たちを監視する側の一人一人にも、おそらくなんの連帯も結びつきもなかったと私は考える。囚人は彼らの前で完全に無力であり、一丁の自動小銃でその集団を思うままに威嚇できる状態にあるとき、彼らはなんら連帯を必要としないだろうからである。ただそこにあるものは、誰にも理解できない、ある動かしがたい秩序であり、その秩序は今日もあすも、厳として存続するほかないと考える点で、監視するものもされるものもふしぎに一致していた。秩序というものはおそらく、そのようなかたちでしか維持されないのであろう。

こうして、あきらかに失語状態といえる一種の日常性へ、私たちは足を踏み入れる。強制収容所の日常をひと言でいうなら、それはすさまじく異常でありながら、その全体が救いようもなく退屈だということである。一日が異常な出来事の連続でありながら、全体としては「なにごとも起っていない」のである。収容所の一日がおそろしく長いという実感は、このような異常な事態がついに倦怠となり終るほかない囚人の生態を直截にいいあてている。

なんの影に曇らされることもない、いや、ほとんど幸福とさえいえる一日が過ぎたのだ。

（ソルジェニツィン『イワン・デニソビッチの一日』）

これが、すべての囚人が、異常な適応力をもって無表情のまま耐えて来た、強制収容所の一日の重さである。

強制収容所のこのような日常のなかで、いわば〈平均化〉ともいうべき過程が、一種の法則性をもって容赦なく進行する。私たちはほとんどおなじかたちで周囲に反応し、ほとんどおなじ発想で行動しはじめる。こうして私たちが、いまや単独な存在であることを否応なしに断念させられ、およそプライバシーというべきものが、私たちのあいだから完全に姿を消す瞬間から、私たちにとってコミュニケーションはその意味をうしなう。

はり渡した板にまるい穴を穿っただけの、定員三十名ほどにもおよぶ収容所の便所は、毎日一定の時刻に、しゃがんだ一人一人の前に長い行列ができる。便所でさえも完全に公開された場所である運命をのがれえない環境では、もはやプライバシーなぞ存在する余地はない。私たちはおたがいにとって、要するに「わかり切った」存在であり、いつその位置をとりかえても、混乱なぞ起りようもなかったのである。私たちの収容所では囚人番号は使用していなかったが、しかし徐々に風化されつつあった私たちの姓名は、いつでも番号に置きかえうる状態にあった。

しかし、この平均化は同時に、囚人自身がみずからのぞんで招いた状態でもあった。ここではただ数のなかへ埋没し去ることだけが、生きのびる道なのである。こうして私たちは、個としての自己の存在を、無差別な数のなかへ進んで放棄する。

言葉がむなしいとはどういうことか。言葉がむなしいのではない。言葉の主体がすでにむなしいのである。言葉の主体がむなしいとき、言葉の方が耐えきれずに、主体を離脱する。あるいは、主体をつつむ状況の全体を離脱する。私たちがどんな状況のなかに、どんな状態で立たされているかを知ることには、すでに言葉は無関係であった。私たちはただ、周囲を見まわし、目の前に生起するものを見るだけでたりる。どのような言葉も、それをなぞる以上のことはできないのである。

あるときかたわらの日本人が、思わず「あさましい」と口走るのを聞いたとき、あやうく私は、「あたりまえのことをいうな」とどなるところであった。あさましい状態を、「あさましい」という言葉がもはや追いきれなくなるとき、言葉は私たちを「見放す」のである。

このようにして、まず形容詞が私たちの言葉から脱落する。要するに「見たとおり」だからである。目はすでにそれを知っている。言葉がそれを、いまさら追ってもむだである。しかもその目は、すでに「均らされて」いるのである。つづいて代名詞が、徐々に私たちの会話から姿を消す。私たちはすでに数であり、対者を識別する能力をうしないはじめていたからである。ここでは、一人称と二人称はもはや不要であり、そのいずれをも三人称で代表させることができる。すなわち、私たちが確実に人間として「均らされて」行く状態、彼我の識別をうしなって急速に平均化されて行く過程に、それは照応しているのである。

失語の過程は、ある囚人にあっては、べつなかたちをとる。私はしばしば、朝起きてから夜寝るまで、なにかにおびえるように、のべつまくなしにしゃべりつづける男を見た。あるとき私は、その男が周囲の嘲笑や黙殺のなかで、つぎつぎに相手を代えながらしゃべりつづける姿を見て、胸をつかれた。そこにはもう、言葉がなかったからである。にもかかわらず彼の饒舌は、さいごまで相手を必要とした。その男はたぶん、刑期の終りまで無限にしゃべりつづけるだろう。彼は言葉をうしなったままで、無限に相手を必要として行くのである。

失語とは、いわば仮死である。それはその状態なりに、自然であるともいえる。そして、それが自然であるところに、仮死のほんとうのおそろしさがある。禿鷹も、禿鷹についばまれる死体も、そのかぎりでは自然なのだ。

シベリヤの密林（タイガ）は、つんぼのような静寂のかたまりである。それは同時に、耳を聾するばかりの轟音であるともいえる。その静寂の極限で強制されるもの、その静寂によって容赦なく私たちへ規制されるものは、おなじく極限の服従、無言のままの服従である。服従をしいられたものは、あすもまた服従をのぞむ。それが私たちの〈平和〉である。私たちはやがて、どんなかたちでも私たちの服従が破られることをのぞまなくなる。そのとき私たちのあいだには、見た目にはあきらかに不幸なかたちで、ある種の均衡が回復するのである。

ひとつの情念が、いまも私をとらえる。それは寂寥である。孤独ではない。やがては思想化されることを避けられない孤独ではなく、実は思想そのもののひとつのやすらぎであるような寂寥である。私自身の失語状態が進行の限界に達したとき、私ははじめてこの荒涼とした寂寥に行きあたった。衰弱と荒廃の果てに、ある種の奇妙な安堵がおとずれることを、私ははじめて経験した。そのときの私にはすでに、持続すべきどのような意志もなかった。一日が一日であることのほか、私はなにも望まなかった。一時間の労働ののち十分だけ与えられる休憩のあいだ、ほとんど身うごきもせず、河のほとりへうずくまるのが私の習慣となった。そしてそのようなとき私は、あるゆるやかなものの流れのなかに全身を浸しているような自分を感じた。

そのときの私を支配していたものは、ただ確固たる無関心であった。おそらくそれは、ほとんど受身のまま戦争に引きこまれて以来、ついにたどりつくべくしてたどりついた無関心であったかも知れぬ。そしてそのような無関心から、ついに私を起ちあがらせるものはなかった。だがこの無関心、この無関心がいかにささやかでやさしく、あたたかな仕草ですべてをささえていたか。私にとって、それはほとんど予想もしないことであった。実際にはそれが、ある危険な徴候、存在の放棄の始まりであることに気づいたのは、ずっとのちになってからである。私の生涯のすべては、その河のほとりで一時間ごとに十分ずつ、猿のようにすわりこんでいた私自身の姿に要約される。のちになって私は、その河がアンガラ河の一支流であり、タイシェットの北方三十キロの地点であることを知った。原点。私にかんするかぎり、それはついに地理的な一点である。しかし、その原点があることによって、不意に私は存在しているのである。まったく唐突に。私はこの原点から、どんな未来も、結論も引き出すことを私に禁ずる。失語の果てに原点が存在したということ、それがすべてだからだ。

だが、収容所生活のすべてのデテールから言葉が消失するのではむろんない。言葉が無力となるのは、主として収容所の現実にかんしてである。現実の生活において言葉が無力なのは、私たちが人間として完全に均らされていたからであり、反応も発想も、行動すらもほとんどおなじであったからである。一般に囚人は、現在の実感については語らない。現実が決定的に共有されているとき、それについて語ることの意味はうしなわれる。そこでは人びとは、言葉で話すことをやめるだけでなく、言葉で考えることをすらやめる。一日の大部分がいわば条件反射で成り立っている生活では、思考の自立の誘因となる言葉から、人びとは無限に逃避するだけである。

これにたいして、言葉がなお余命をたもち、有効であるのは、彼らの過去、かつて人間であった記憶のなかでである。それは決して共有されることなく、ひとりひとりにあって息づいている。囚人にとって過去とその記憶は、すべてよろこばしいものの集積であり、そこでは言葉は無傷のままあたためられ、よろこばしくその機能をたもちつづける。

囚人にとって、およそ不幸な過去というものは、ありえない。すべての囚人にとって、過去は絶対に幸福でなければならない。このことは、囚人の見る夢が、例外なく過去の夢であり、例外なく幸福な夢であることからもわかる。彼らにとって幸福とはなにか。たとえばそれは、朝起きて一人で排泄することであり、街路を自分の歩速であるくことであり、あるきながら任意に立ちどまることであり、行きあう一人一人に鷹揚な関心を示すことができるということである。彼は思いついたように立ちどまることができ、そこから引返すことさえもできるのだ。私自身、しばしばそのことに思いおよんだとき、呼吸がとまるような驚きをおぼえた。

　囚人が見る夢は、つねににぎやかである。そこでは、彼はつねに歓待される。言葉はそこでは、善意にあふれている。だれもが、だれをも傷つけない言葉。言葉はそのかたちで、やわらかに彼のなかへ密封される。そのとき鐘が鳴る。吊り下げられたレールの一片、または貨車の車輪をさびた鉄の棒が、ごくあたりまえのようにたたく音である。それは三つ鳴り、間をおいてさらに三つ鳴る。起床、その瞬間に、一切のよろこばしい言葉は箝口される。言葉は彼の記憶のなかへ拘禁され、果てしなくながい失語状態がふたたびはじまる。箝口された言葉は、おなじ時刻に彼の内部で石化する。それは、ほとんどいつもおなじ時刻である。一定の時刻に眠りに墜ち、かならず一定の時刻にそこから呼びもどされるとき、夢の長さも一定とならざるをえない。ある時期囚人は、ほとんどおなじ夢を見つづける。それはかならず、ある街の一隅ではじまり、他の街の一隅で終る。その正確さは、いわば外側から内へ、内側から外へとせめぎあう二つの秩序の拮抗の結果であるかもしれない。卑小をきわめた一人の男の内部と、世界の輪郭がまっとうに拮抗するのは、いわばこのときであるかもしれないのだ。

だが外側から見るかぎり、この拮抗がそのままで持続することは、一人の人格が分裂したままで放置されることである。その分裂をくいとめる力は、彼のなかにはない。このようにして囚人が、ますます深く過去のなかへ自己を閉鎖して行く結果、現実の世界では、言葉の回復がもはや絶望的なところまで彼は追いつめられる。私の友人は、まる三カ月間ほとんど無言ですごしたのち、発言を強要されたが、必要な言葉がほとんど念頭にのぼって来なかったと述懐している。だが私にあっては、強制労働においてしばしば遭遇する場面の、その一つが、のめりこみかけた私の襟首を引きすえたのである。

昭和二十五年夏、収容所からほぼ五キロの川沿いの採石現場で、作業開始直後、警戒位置についたばかりの監視兵の目の前を、一人のロシヤ人がいきなり警戒区域外へ走り出した。だれの目にも結果はあきらかなはずのこの行動は、拘禁心理から来る発作的な錯乱としか説明できない。この若いロシヤ人は、サボタージュのかどで近く裁判にかけられるという噂があった。強制収容中の犯罪は、通常はその収容所に設けられた臨時法廷で裁判にかけられ、刑の加重が決定した囚人は、この地域では多くのばあい、懲罰の意味でアンガラ河の鉄橋工事に送られる。その事自体は、とりたてていうほどのことではない。この地域の囚人はほとんどが五十八条(反ソ行為)関係の二十年囚か二十五年囚で、サボタージュによる刑の加算はせいぜい五年どまりである。ソ連の強制収容所のなかでも、とくに悪い環境にぞくするこの地域で、二十五年生きのびることは問題外であり、そのうえに加算される刑期なぞ、すでに無意味に近い。

しかし囚人は、本能的に未知な環境を恐れる。既知の悲惨は、それが既知であるというだけで、どのような未知の悲惨よりも、まだしも耐えやすく思われるのである。私自身、環境をかわるごとに、状況は確実に悪化した。こんどかわれば、さらに悪くなるという先入主のようなものが、かたく私たちのあいだに根をおろしていた。おそらくそうした不安がこの若いロシヤ人を、発作的に警戒区域外へ駆り立てたのであろう。

彼は不幸にして、監視兵の視野を横断する方向をとらず、一直線に遠ざかる方向をとったため、おちついて照準をあわせた監視兵によって一発で射殺された。世界が動顚するような一瞬ののち、すでに死体となって彼は投げ出されていた。かけ寄った監視兵が、なれた動作で、爪さきで死体を仰向けにした。

私たちはただちに作業場の中央へ集められ、すわりこんだ姿勢のまま、一切の意志表示を禁じられた。それまでは眠ってでもいたかのような監視兵の言動が、にわかに粗暴になり、膝を組みかえただけでもはげしい罵声が私たちにとんだ。監視兵の一人が死体から上衣を引きはがすと、私たちの目のまえでそれをひろげて見せた。みせしめのためである。砂と血で汚れたその上衣を前に、囚人たちは無表情におしだまったままであったが、あきらかに動揺していた。私たちにとってそれは、かならずしもはじめての経験ではなかった。死体はその場に放置され、監視兵の一人が上衣をたずさえて収容所へ走った。収容所に必要なのは上衣であって、死体ではない。上衣はあらためて全員に、警告のため〈公示〉されるはずであった。

うずくまった私のなかで、あるはげしいものが一挙に棒立ちになった。そのときの私の脳裡に灼きついたのは、そのときにかぎり死体ではなかった。そのとき私を動顚させたのは、監視兵がしっかりと狙って射ったただ一発の銃声である。銃声が恐怖となるのは、ただ一発にかぎられる。とっさのまに監視兵をとらえた殺意は、過不足なくその一発にこめられていた。一定の制限のもとに殺戮をゆるされたものの圧しころした意志が、その一発に集中していた。監視兵のこの殺意は、あきらかに私の内部に反応をひきおこした。私は私の内部で、出口を求めていっせいにせめぎあう、言葉にならない言葉に不意につきとばされた。それはあきらかに言葉であった。言葉は復活するやいなや、厚い手のひらで出口をふさがれた。一切の言葉を封じられたままで、私は私のなかのなにかを、おのれの意志で担いなおした。一瞬の沈黙のなかで、なにかが圧しころされ、なにかが掘りおこされた。私にとってそれは、まったく予期しなかったことであった。

この瞬間の衝撃は、帰国後もしばしば私をおびやかした。言葉をとりもどすということは、主体にその用意がないばあい、主体そのものの均衡を根底からゆりうごかす。そしてこの均衡こそは、囚人が失語を代償として、かろうじて獲得したものである。言葉は、言葉につらなる一切の眷族をひきつれて、もっとも望ましくないときに、不意をついて訪れる暴君である。

その夜、私たちの作業班は異様なふんいきに包まれた。だれもが生き生きと興奮していた。ふだんは死んだようなバラックのなかで、ときおりはげしい口論がおこり、なにかを相手に投げつけるものおとがした。だれもが、なぜ自分たちが興奮するのか、理解に苦しんでいるように見えた。そしてこの異様なふんいきのなかで、射殺された不幸な同囚のことなぞ、とうのむかしに私たちの念頭をはなれ去っていたのである。

　翌日も、その翌日も、私たちは黙って働きつづけた。私の内部には、一発の銃声が呼びさました、あらあらしい言葉の手ざわりがいつまでもあった。言葉は、そのときまでたしかにうしなわれていたという実感をもって、うごかしがたく私に恢復した。その日もつぎの日も、私はほとんどものを言わなかった。それは私だけではなかった。そしてそれは、あきらかに失語とはことなる〈沈黙〉であった。私たちは一様にいらだちやすく、怒りっぽくなっていたが、あきらかにそれは、喪失したものを確認し、喪失そのものを担いなおしたものがもつ表情であった。

　言葉はそののちも、しばしば私に失われた。しかし失語と沈黙の循環は目立ってみじかくなって行った。そしてそれらの過程全体を通じて、言葉の決定的な次元としての沈黙が、私のなかに根をおろして行った。


（「展望」一九七〇年九月、『日常への強制』）

望郷と海

陸から海へぬける風を
陸軟風とよぶとき
それは約束であって
もはや言葉ではない
だが　樹をながれ
砂をわたるもののけはいが
汀(みぎわ)に到って
憎悪の記憶をこえるなら
もはや風とよんでも
それはいいだろう
盗賊のみが処理する空間を

一団となってかけぬける
しろくかがやく
あしうらのようなものを
望郷とよんでも
それはいいだろう
しろくかがやく
怒りのようなものを
望郷とよんでも
それはいいだろう

（「陸軟風」）

海が見たい、と私は切実に思った。私には、わたるべき海があった。そして、その海の最初の渚と私を、三千キロにわたる草原（ステップ）と凍土（ツンドラ）がへだてていた。望郷の想いをその渚へ、私は限らざるをえなかった。空ともいえ、風ともいえるものは、そこで絶句するであろう。想念がたどりうるのは、かろうじてその際（きわ）までであった。海をわたるには、なによりも海を見なければならなかったのである。
すべての距離は、それをこえる時間に換算される。しかし海と私をへだてる距離は、換算を禁じられた距離であった。それが禁じられたとき、海は水滴の集合から、石のような物質へ変貌した。海の変貌には、いうまでもなく私自身の変貌が対応している。私が海を恋うたのは、それが初めてではない。だが、一九四九年夏カラガンダの刑務所で、号泣に近い思慕を海にかけたとき、海は私にとって、実在する最後の空間であり、その空間が石に変貌したとき、私は石に変貌せざるをえなかったのである。

だがそれはなによりも海であり、海であることでひたすらに招きよせる陥没であった。その向うの最初の岬よりも、その陥没の底を私は想った。海が始まり、そして終るところで陸が始まるだろう。始まった陸は、ついに終りを見ないであろう。陸が一度かぎりの陸でなければならなかったように、海は私にとって、一回かぎりの海であった。渡りおえてのち、さらに渡るはずのないものである。ただ一人も。それが日本海と名づけられた海である。ヤポンスコエ・モーレ(日本の海)。ロシヤの地図にさえ、そう記された海である。

望郷のあてどをうしなったとき、陸は一挙に遠のき、海のみがその行手に残った。海であることにおいて、それはほとんどひとつの倫理となったのである。

一九四九年二月、私はロシヤ共和国刑法五十八条六項によって起訴され、二カ月後判決を受けた。起訴と判決を含む前後の経緯は、ほぼ次の通りである。一九四八年夏、私たち抑留者は南カザフスタンのアルマ・アタから北カザフスタンのカラガンダへ移され、同市郊外の一般捕虜収容所へ収容された。その直後から、目的不明の取調べが始まり、十四、五人程度の規模で、つぎつぎに収容所から姿を消して行った。

私の取調べは翌年にはいってから始まった。取調べはほとんどのばあい、深夜から未明へかけて行なわれるが、熟睡中の不用意をねらうこの方法は、ソ連ではすでに伝統的なものである。

取調べは一週間ほど、ほとんど毎夜行なわれた。取調べといっても〈罪状〉はすでに出来あがっており、その承認を毎回強要されるだけの話である。すでに取調べを終った同僚の意見を聞いたうえで、一週間後に私は調書に署名した。私たちのなかには、さいごまで署名を拒んだ者もいたが、結果的にはまったくおなじことであった。だがこのことは、署名を拒むことが、結局は無意味だということを意味するのではない。それは、結果のいかんにかかわらず、彼自身のとった行為として、彼自身にとってのみ積極的な意味をもっているからである。私はただ時期を見はからって、権利を放棄したにすぎない。結果のいかんにかかわらず、と私がいうのは、サンフランシスコ条約の一方的締結に備えて発言権を確保するために、ソ連が手許に保留すべき日本人の数とその選別の枠は、このときすでに決定していたからである。

取調べ打切りの数日後に、相前後して取調べを受けた十数人の同僚とともに構内に待機を命ぜられた。作業隊出動後、私たちは衛兵所(ワフタ)に集合させられたが、私たちの行先については皆目不明であった。私たちのなん人かが勇を鼓して警備兵に、どこへつれて行くのかとたずねた。知らないのかという表情で警備兵が答えたのは、五分所であった。この分所は炭坑作業を専門に担当している捕虜収容所で、給与がとくによいことで私たちには知られていた。これまでの慣例では、すでに帰還が決定した捕虜は、一旦この分所へ移されたのち、体力の回復を待って輸送梯団へ編入されることになっていた。信じられないといった顔つきの私たちへ、笑いながら警備兵が示した給与伝票は、あきらかに、五分所あてに切ってあった。

ほどなく到着したトラックに、追いたてられるようにして私たちはよじのぼった。私たちのそのときの表情は、おそらくさまざまであった。私たちがそのときいちはやく運命を予測しえなかったのは、私たちが多数であったためである。私たちはこの短い時間に、おのおのの不安を、隣人の願望によって埋め足すという複雑な屈折を経過した。

トラックはカラガンダ市内へ通ずる草原(ステップ)の一本道に沿って走り出した。道が市内へはいるすこし手前で、さらに一本の道が直角に右へ分岐している。トラックがそのまま進行して市内へはいれば、その先は給与伝票に明示された五分所である。私たちは、たぶん一歩だけ希望に近づくことになるだろう。右へ分岐する道の行先は十三分所である。十三分所はドイツ人民間抑留者の収容所で、その構内に法廷があることを、かねがね私たちは聞かされて来た。

トラックが分岐点に近づくにつれて、私たちはしらずしらず立ちあがっていた。トラックは分岐点の手前で速度をゆるめると、そのまま右へ折れてまっすぐに走りだした。おおっという吐息のようなものが、期せずして私たちののどをあふれた。

トラックは正午すこしまえ、十三分所の前でとまった。警備兵がまずとびおりた。うって変ったように、彼らの態度は粗暴になった。あきらかに私たちの処遇は変ったのである。私たちに示す必要のない給与伝票にわざわざ虚偽を記載した収容所当局の意図を、私たちははじめて了解した。彼らは私たちの動揺をおそれたのである。このときから私は、私たちがおそれるとき、かならずこれに対応して彼らのおそれがあることを知るようになった。おそれる側に先立って、おびやかす側のおそれがまずあるのである。

トラックをおりて見た十三分所の印象は、はっきりと不吉なものであった。私たちはおりた位置で収容所側の監視兵に引渡され、そのまま衛兵所へ追いこまれた。壁へ向って手をあげた私たちが、ひとりずつ手さぐりの身体検査を受けている最中に、構内へ通ずるドアが開いた。背後の監視兵が「うしろを見るな」と叫んだ。壁へはりついたままの私たちの背後を、ぞろぞろと足音が外へ過ぎた。かろうじてぬすみ見たひげだらけの蒼白な顔は、あきらかに日本人であった。

足音が過ぎるのを待って、私たちは構内へはいった。初めて見る十三分所の内部は、左手にドイツ人抑留者用と思われるバラックが立ちならび、右手は高い黒ずんだ板塀が、さらに内側の建物を仕切っていた。構内に人影はなかった。私たちはひとりひとり姓名を呼ばれ、塀の中央にある門をくぐった。私たちの目の前の粗末な木造家屋の左半分が法廷、右半分が独房であることは間もなくわかった。私たちはまず、右側の独房へそれぞれ収容された。

その日のうちに私は呼び出されて、左右の指紋をとられ、起訴状に署名をした。罪状は刑法五十八条六項(反ソ行為、諜報)であった。ロシヤ共和国刑法は、ソ連邦の一構成共和国であるロシヤ共和国の刑法が、ソ連全土に拡張適用されたものであるが、それはいうまでもなく領土内の犯罪にかぎられ、領土外での、しかもソ連と交戦状態にはいる以前の私たちの行動には適用できないはずである。

その日の夕刻、私たち同行十数名を呼び出して、保安将校が読みあげた起訴状は、あきらかに私たちが署名した起訴状と内容がちがっていた。私たちはそのなかで、〈平和と民主主義の敵〉と規定され、〈戦争犯罪人〉と規定された。戦争犯罪人を規定する法廷は、極東軍事裁判以外にないことを知ったのは、その数年後である。

　起訴と判決をはさむほぼふた月を、私は独房へ放置された。とだえては昂ぶる思郷の想いが、すがりつくような望郷の願いに変ったのはこの期間である。朝夕の食事によってかろうじて区切られた一日のくり返しのなかで、私の追憶は一挙に遡行した。望郷の、その初めの段階に私はあった。この時期には、故国から私が「恋われている」という感覚がたえまなく私にあった。事実そのようにして、私たちは多くの人に別れを告げて来たのである。そのとき以来、別離の姿勢のままで、その人たちは私たちのなかにあざやかに立ちつづけた。化石した姿のままで。

　弦にかえる矢があってはならぬ。おそらく私たちはそのようにして断ち切られ、放たれたはずであった。私をそのときまでささえて来た、遠心と求心とのこのバランスをうたがいはじめたとき、いわば錯誤としての望郷が、私にはじまったといっていい。弦こそ矢筈へかえるべきだという想いが、聞きわけのない怒りのように私にあった。

　この錯誤には、いわば故国とのあいだの〈取り引き〉がつねにともなった。私は自分の罪状がとるにたらぬものであることをしいて前提し、やがては無力で平穏な一市民として生活することを、くりかえし心に誓った。事実私が一般捕虜とともにそれまですごして来た三年の歳月は(それは私にとって、事実上の未決期間であった)、市井の片隅でひっそりといとなまれる、名もない凡庸な生活がいかにかけがえのないものであるかを、私に思いしらせた。しかもこの〈取り引き〉の相手は、当面の身柄の管理者であるソビエト国家ではなく、あくまで日本――おそらくそれは、すでに存在しない、きのうまでの日本であったのであろうが――でなければならなかったのである。

私たちは故国と、どのようにしても結ばれていなくてはならなかった。しかもそれは、私たちの側からの希求であるとともに、〈向う側〉からの希求でなければならないと、かたく私は考えた。望郷が招く錯誤のみなもとは、そこにあった。そして私が、そのように考ええた時期は、海は二つの陸地のあいだで、ただ焦燥をたたえたままの、過渡的な空間として私にあった。その空間をこえて「手繰られ」つつある自分を、なんとしてでも信じなければならなかったのである。

告訴された以上、判決が行なわれるはずであった。だが、いつそれが行なわれるかについては、一切知らされなかった。独房で判決を待つあいだの不安といらだちから、かろうじて私を救ったものは飢餓状態に近い空腹であった。私の空想は、ただ食事によって区切られていた。食事を終った瞬間に、一切の関心はすでにつぎの食事へ移っていた。そしてこの、〈つぎの食事〉への期待があるかぎり、私たちは現実に絶望することもできないのである。私はよく、食事の直前に釈放するといわれたら、なんの未練もなく独房をとび出すだろうかと、大まじめで考えたことがある。

なん日かに一度、あたりがにわかにさわがしくなる。監視兵がいそがしく廊下を走りまわり、つぎつぎに独房のドアが開かれ、だれかの名前が呼ばれる。足おとは私のドアをそのまま通りすぎる。「このつぎだ。」私は寝台にねころがる。連れ去られた足音は、二度と同じ部屋に還ってはこない。そして、ふたたび終りのない倦怠と不安のなかで、きのうと寸分たがわぬ一日が始まる。どこかの独房で手拍子をうつ音が聞こえる。三・三・七拍子。日本人だという合図であり、それ以上の意味はなにもない。

望郷とはついに植物の感情であろう。地におろされたのち、みずからの自由においで、一歩を移ることをゆるされぬもの。海をわたることのない想念。私が陸へ近づきえぬとき、陸が、私に近づかなければならないはずであった。それが、棄民されたものへの責任である。このとき以来、私にとって、外部とはすべて移動するものであり、私はただ私へ固定されるだけのものとなった。

四月二十九日午後、私は独房から呼び出された。それぞれドアの前に立ったのは、いずれもおなじトラックで送られ、おなじ日に起訴された顔ぶれであった。員数に達したとき、私たちは手をうしろに組まされ、私語を禁じられた。私たちが誘導されたのは、窓ぎわに机がひとつ、その前に三列に椅子をならべただけの、およそ法廷のユーモアにふさわしい一室であった。椅子にすわり、それが生涯の姿勢であるごとく、私たちは待った。ドアが開き、裁判長が入廷した。若い朝鮮人の通訳が一人(彼もまた起訴直前にあった)。私たちは起立した。

初老の、実直そうなその保安大佐は、席に着くやすでに判決文を読みはじめていた。私が立った位置は最前列の中央、判決文は私の鼻先にあった。ながながと読みあげられる、すでにおなじみの罪状に、私の関心はなかった。全身を耳にして私が待ったのは、刑期である。早口に読み進む判決文がようやく終りに近づき、「罪状明白」という言葉に、重労働そして二十五年という言葉がつづいたとき、私は耳をうたがった。ロシヤ語を知らぬ背後の同僚が、私の背をつついた。「何年か」という意味である。私は首を振った。聞きちがいと思ったからである。

それから奇妙なことが起った。読み終った判決文を、おしつけるように通訳にわたした大佐は、椅子の上に置いてあった網のようなものをわしづかみにすると、あたふたとドアを押しあけて出て行った。大佐がそのときつかんだものを、私は最初から知っていた。買物袋である。おそらくその時刻に、必需品の配給が行なわれていたのであろう。この実直そうな大佐にとって、私たち十数人に言いわたした二十五年という刑期よりも、その日の配給におくれることの方がはるかに痛切であった。ソビエト国家の官僚機構の圧倒的な部分は、自己の言動の意味をほとんど理解する力のない、このような実直で、善良な人びとでささえられているのである。

つづいて日本語で判決が読みあげられたとき、私たちのあいだに起った混乱と恐慌状態は、予想もしない異様なものであった。判決を終って〈溜り〉へ移されたとき、期せずして私たちのあいだから、悲鳴とも怒号ともつかぬ喚声がわきあがった。私は頭から汗でびっしょりになっていた。監視兵が走り寄る音が聞こえ、怒気を含んだ顔がのぞいたが、「二十五年だ」というと、だまってドアを閉めた。

故国へ手繰られつつあると信じた一条のものが、この瞬間にはっきり断ちきられたと私は感じた。それは、あきらかに肉体的な感覚であった。このときから私は、およそいかなる精神的危機も、まず肉体的な苦痛によって始まることを信ずるようになった。「それは実感だ」というとき、そのもっとも重要な部分は、この肉体的な感覚に根ざしている。「手繰られている」ことを、なんとしてでも信じようとしたとき、その一条のものは観念であった。断ち切られた瞬間にそれは、ありありと感覚できる物質に変貌し、たちまち消えた。観念が喪失するときに限って起るこの感覚への変貌を、そののちもう一度私は経験した。観念や思想が〈肉体〉を獲得するのは、ただそれが喪失するときでしかないことの意味を、いまも私はたずねずにいる。意味が与えられるとき、その実感がうしなわれることを、いまもおそれるからである。あっというまに遠のいて行くものを、私は手招いて追う思いであった。

四月三十日朝、私たちはカラガンダ郊外の第二刑務所に徒歩で送られた。刑務所は、私たちがいた捕虜収容所と十三分所のほぼ中間の位置にあった。ふた月まえ、私が目撃したとおなじ状態で、ひとりずつ衛兵所を通って構外へ出た。白く凍てついていたはずの草原(ステップ)は、かがやくばかりの緑に変っていた。五月をあすに待ちかねた乾いた風が、吹きつつかつ匂った。そのときまで私は、ただ比喩としてしか、風を知らなかった。だがこのとき、風は完璧に私を比喩とした。このとき風は実体であり、私はただ、風がなにごとかを語るための手段にすぎなかったのである。

正午すぎ、私たちは刑務所に収容された。この日から、故国へかける私の思慕は、あきらかに様相を変えた。それはまず、はっきりした恐怖ではじまった。私がそのときもっとも恐れたのは、「忘れられる」ことであった。故国とその新しい体制とそして国民が、もはや私たちを見ることを欲しなくなることであり、ついに私たちを忘れ去るであろうということであった。そのことに思い到るたびに私は、背すじが凍るような恐怖におそわれた。なんど自分にいいきかせてもだめであった。着ている上衣を真二つに引裂きたい衝動に、なんども私はおそわれた。それは独房でのとらえどころのない不安とはちがい、はっきりとした、具体的な恐怖であった。帰るか、帰らないかはもはや問題ではなかった。ここにおれがいる。ここにおれがいることを、日に一度、かならず思い出してくれ。おれがここで死んだら、おれが死んだ地点を、はっきりと地図に書きしるしてくれ。地をかきむしるほどの希求に、私はうなされつづけた(七万の日本人が、その地点を確認されぬまま死亡した)。もし忘れ去るなら、かならず思い出させてやる。

故国の命によって戦地に赴き、いまその責めを負うているものを、すみやかに故国は呼び返すべきである。それが少なくとも、「きのうまでの」故国の義務である。私がそのとき、それほど結びつきたいと願ったのは、すでに破壊し、消滅したはずの、きのうまでの故国であった。すでに滅び去った体制だけが、かたくなに拠りたのむ一切であった。敗戦によって成立した新しい体制は、もはや恥ずべきものとして、私たちを捨て去るかもしれぬ。もし捨て去るという、明確な意志表示があれば、面を起してこれを受けとめる用意がある、と私は思った。

これらの性急な断定は、いうまでもなく錯誤である。断定を急いだのは、状況をもちこたえることができなかったからである。しかし、状況の急迫がのがれがたく錯誤を生み出すとき、錯誤は状況のなかで確固としたリアリティをもつ。およそとらえようもない昏迷のなかで、この錯誤だけがただひとつの手ごたえであった。爾後の私の発想と行動はすべて、錯誤のこの、手ごたえの確かさに由来している。

私たちが収容された監房には、すでに定員の三倍に近い日本人とドイツ人、それにルーマニヤ人が、重なりあうようにしてひしめいていた。半裸の背や胸はたえまなく流れおちる汗に濡れ、むっという異臭が部屋いっぱいにたちこめていた。前年の秋以来、つぎつぎに姿を消した日本人のほとんどがそこにいた。まもなくわかったことだが、ドイツ人のほぼぜんぶがSS（ナチ親衛隊）隊員と、彼らのあいだでDivisionと略称するパルチザン掃討師団の将兵であった。

その夜私は同房の〈先輩〉から「最初の三日間はできるだけばか話をしろ。ものを考えるな」と忠告された。理由は聞くまでもなかった。私は監房全体を掩っている、異様なまでに不自然な陽気さを、そのときはじめて理解した。そしてその陽気さは、いわばこの〈待機〉の時期にだけ特有な現象であることを、さらにのちになって理解することができた。もし私がそのとき充分冷静でありえたなら、ことさらに野卑な高笑いや、およそその境遇とは似ても似つかぬ卑猥な会話のかげに、平然たるものをかろうじてもちこたえている、ぶざまなまでに必死な表情を見たはずである。おそらくその時期に、例外なく私たちをおそったであろう怨郷の想いを、ついに私たちは口にしなかった。あらぬことをのみひたすら語りつづけることによって、堰を切れば収拾のつかぬものを、かろうじておのれの裡へ圧しころしたのである。

郷を怨ずるにちから尽きたとき、いわば〈忘郷〉の時期が始まる。同年秋、かつて見ない大がかりな囚人護送（エタップ）が開始され、ひと月後に私たちは東シベリヤの密林（タイガ）にはいった。「ついに忘れ去られた」という、とり返しのつかぬいたみは、当然の順序として私自身の側からの忘却をしいた。多くの囚人にたちまじる日本人を、〈同胞〉として見る目を私は失いつつあった。それは同時に、人間そのものへの関心、その関心の集約的な手段としての言葉を失って行く過程であった。

密林（タイガ）のただなかにあるとき、私はあきらかに人間をまきぞえにした自然のなかにあった。作業現場への朝夕の行きかえり、私たちの行手に声もなく立ちふさがる樹木の群に、私はしばしば羨望の念をおぼえた。彼らは、忘れ去り、忘れ去られる自我なぞには、およそかかわりなく生きていた。私が羨望したのは、まさにそのためであり、彼らが「自由である」ことのためでは毫もない。私がそのような心境に達したとき、望郷の想いはおのずと脱落した。

一九五三年夏、ハバロフスクの日本人受刑者の一部は、ナホトカへ移動した。移動の目的は一切知らされなかった。ナホトカは私たちが帰国するための、ただひとつの窓口である。しかし私たちには、事態がどのように楽観的に見えるときでも、さいごまで疑ってみるという習性が身についていた。

港湾にのぞむ丘の中腹に、私たちの収容所があった。そこはまだ海ではなかった。海でないという意味は、私たちはなお、のがれがたく管理されており、あずかり知らぬ意図によって、いつでも奥地へ引きもどされうる位置にあったからである。乗船までの六カ月間、私たちにおよそ安堵というものはなかった。私たちは受刑直前の状態に似た、小刻みな緊張と猜疑心に、さいごまでつきまとわれる運命にあった。到着後、ふたたび意図のわからぬ取調べが始まったことが、私たちの不安をさらにかきたてた。密告の常習者とおぼしい者が、なお密告を強要されているという噂が流れた。

十一月三十日早朝、ふって湧いたように、「荷物をもて（ス・ベシチャーミ）」という命令が出た。とるにたらぬ荷物をかかえて広場に集合した私たちは、読みあげられる名簿の順に、構外に仕切られた建物へ移され、税関吏による所持品の検査を受けた。彼らの態度は、思いもよらず丁重であったが、私たちを「返す」とは最後までいわなかった。一時間後に何が起るのかもわからない緊張のなかで、まあたらしい防寒帽が支給された。それが、ソビエト政府からの、最後の支給品であった。正午すぎ、収容所の窓からほぼ真下に見おろす位置に、一隻の客船が姿を現わした。それが興安丸であった。戦慄に似た歓喜が、私の背すじを走った。

夕方になって、私たちの輸送が始まった。トラックが到着するたびに、私たちはもう一度姓名を呼ばれ、トラックに分乗した。自分の姓名をあきらかに呼ばれるまで、私たちには、なお安堵はなかった。そして、姓名を呼ばれた。

トラックは興安丸の大きな船腹へ、横づけになるようなかたちでとまった。トラックからおりた位置で、私たちは整列しかけた。最後の人員点検があるはずだと思ったからである。警備兵はしかしトラックをおりず、あそこだというように、船の中央部を指さした。私たちは瞬間とまどったのち、われがちに走り出していた。タラップの下には、引渡しの責任者と見られる内務省の高官らしい人物が、目もくれずにタラップをかけ昇る一人一人に、手をあげてにこやかに会釈していた。

タラップをのぼり切ったところで、私は看護婦たちの花のような一団に迎えられた。ご、ご苦労さまでした、い、い、という予想もしない言葉をかきわけて、私たちは船内をひたすらにかけおりた。もっと奥へ、もっと下へ。いく重にもおれまがった階段をかけおりながら、私は涙をながしつづけた。いちばん深い船室へたどりついたと思ったとき、私は荷物を投げ出して、船室のたたみへ大の字にたおれた。

船が埠頭をはなれるまで、誰ひとり甲板へ出ようとはしなかった。最後にすがりついた畳の上に呆然とすわったまま、私は夜を明かした。

その翌朝、興安丸はナホトカの埠頭をはなれた。かろうじて安堵した私たちは、甲板へ出た。二十四時間の興奮と緊張のあと、私たちはただ疲れていた。揺れながら遠ざかるナホトカの港をながめながら、私はただ疲労しつづけた。

一九五三年十二月一日、私は海へ出た。海を見ることが、ひとつの渇仰である時期はすでに終りつつあった。湾と外洋をへだてるさいごの岬を船がまわったとき、私たちの視線はいっせいに外洋へ、南へ転じた。舷側をおもくなぞる波浪からそれは、性急に水平線へ向った。これが海だ。私はなんども自分にいい聞かせた。

海。この虚脱。船が外洋へ出るや、私は海を喪失していた。まして陸も。これがあの海だろうかという失望とともに、ロシヤの大地へ置き去るしかなかったものの、とりもどすすべのない重さを、そのときふたたび私は実感した。その重さを名づけるすべを私は知らないが、しいて名づけるなら、それは深い疲労であった。喪失に先立って、いやおうなしに私をおそう肉体の感覚を、このときふたたび経験した。海は私のまえに、無限の水のあつまりとしてあった。私は失望した。このとき、私は海さえも失ったのである。

十二月一日夜、船は舞鶴へ入港した。そこまでが私にとって〈過去〉だったのだと、その後なんども私は思いかえした。戦争が終ったのだ。その事実を象徴するように、上陸二日目、収容所の一隅で復員式が行なわれた。昭和二十八年十二月二日、おくれて私は軍務を解かれた。

（「展望」一九七一年八月、『望郷と海』）

海を流れる河

そこが河口
そこが河の終り
そこからが海となる
そのひとところを
たしかめてから
河はあふれて
それをこえた
のりこえて　さらに
ゆたかな河床を生んだ
海へはついに
まぎれえない

ふたすじの意志で
岸をかぎり
海よりもさらにとおく
海よりもさらにゆるやかに
河は
海を流れつづけた

（「河」）

河に出会う前に、私は海に出会った。かずかずの海と河のなかで、私に出会ったのは、それぞれにひとつである。安易に海や、河へ向おうとは今も思わない。私が安易に向おうとするのは、むしろ人とその群のなかである。

戎衣（じゅうい）をまとって海を渡ったのは一九四〇年夏、私が河を見たのは一九四八年の春から夏にかけてである。そののちもう一度私は海を渡った。そして私にとって、海は永久に終った。だが河は私に、今も持続している。

私は海を、ひとつの渇仰として渡った。海はその無辺際の広さの故に渇仰であった。だが河は私にとって何であったろう。東シベリヤの密林（タイガ）のただなかで、そのとき私が見た河は、かならずしも流れるようにして流れてはいなかった。ロシヤの河は、多くはそのようにして流れる。

いつの頃からか私には、海を流れる河というイメージが定着し、根をおろしてしまった。私に出会ったその河が、アンガラ河の一支流であり、やがてはエニセイ河に合流して北上し、北氷洋にまぎれるまでの道すじであることを知りながら、そのように河を見ることに私は耐えなかったのだと思う。それはまた、水源を去った河が私に出会った地点で完了せず、さらに流れて行くさまを、釘づけにされたまま見送らざるをえないという思いが、そのようなイメージに結びついたのかもしれない。

私がたたずんだ地点から上流は、河の過去であり、下流は河の未来であり、たたずんだ私のはばだけが河の「現在」として、私の目の前にあった。そして私がたたずんでいるそのあいだも、河はつぎからつぎへと生れかわるようにして、三つの時間帯を通過しつつあった。

音という音が扼殺されてしまったような静寂のただなかで、私をとりかこむ時間の、この不思議な感触を、いまだに私は忘れることができない。河は永遠の継続、永遠の未完了として私の前を、ひたすらに流れつづけた。

河はついに、目指すところへは至らぬであろう。それが、河が流れることの意味である。よしんば海へあふれる規模で、エニセイ河が流入したにせよ、河はおのれのこころざしに導かれて、海を、さらに北へ向うはずだと私は思った。

海よりもさらに海を流れる河。私はこの言葉に一つの志向を託送したかったのだと思う。怨念ともいうべきものはその時の私にも、今の私にもない。私が思ったのは、河は海にまぎれずに流れつづけることが自然であり、北を目指しつづけることが自然だということであった。北への指向になぜそれほどこだわったのか、今ではほとんど不可解だが、私にそのとき、母国を目指す南への指向とほとんど等量に、北への指向があったことを不思議に思わずにはいられない。おそらく等量に、母国へ向おうとする志向と、母国を遠のこうとする志向があったのではないかと思う。それはいわば、ある種の予感のようなものであったのかもしれない。

河に終焉があってはならない。なにごとにあれ終焉に至る思想を、私は本能的に回避したと思う。病ですら、終焉に至ってはならなかった。いま病む者は、その病いを終ることなく病まねばならぬ。

　この病は死に至らず　　　　ヨハネ伝 一一―四

河と病とはその時の私にとって、まったく同一の次元で、至りつく辺をもたぬ旅程として在ったのではないか。

河は永劫に遠ざかり、海は永劫にその姿をくり返す。そのくり返しを二分して、遠のいて行くものの果てに、あるいは終末のようなものを予感していたのかもしれない。もしついに海に注ぎ入ることが、逃れがたく河の宿命であるならば、北氷洋の、そのさらに向こうのひろごりに注ぐのでなければならない。それはいわば、巨きな安堵の海である。死者の海。その海をそう名づけてもいい。

その時期の私は、存在の放棄の果てに安堵のような死を見ていたのかもしれない。その安堵は今はない。河は私の衰弱をこえ、そのものとなって北へ流れた。

私にとって最も重大な感覚は疲労である。疲労においてこそ、私は明晰であることができた。「労働とはつねに肉体労働だ。精神労働というものはない」という一友人の言葉は、今なお私には有効である。私は疲れつつあった。疲れることにおいて、かろうじて安堵することができた。だが、かつて安堵した位置へ、もう一度安堵してうずくまることができるだろうか。放棄したかにみえたものを、理由もなくもう一度放棄するだろうか。

衰弱。それがすべての弁明ではない。だが衰弱は、弁明の必要のない、最後の有力な弁明だと思う。なんびとも衰弱を避けることはできないからだ。

河と共に、河を流れた思考は、いわば衰弱の論理、衰弱のリアリティである。その衰弱の故に、私は生命でありえたし、予見でありえたと思う。確かに見えたと思ったものの残像は、その時の予感と共に、今も私に持続している。河として果てる現実の、その向うに私が幻想したひとつのひろごりのようなもの。そこへ至ってはじめて、河は安んじておのれを見うしなうことができるのであろう。

（「潮」一九七四年九月、『海を流れる河』）

俳句と〈ものがたり〉について

僕の手許に一枚の写真がある。ありふれた外国映画のスチールだが、いまだに僕はその奇妙な場面にひかれている。それは高い足場の上に、二人の青年が危うげに身をささえている場面で、二人は建物の角をはさんでたがいに待伏せするような姿勢で、ぴったりと壁を背につけている。よく見ると、一方の男は一匹の猫を片手につかんでもう一方の男の方へ差出しているのだ。

これを「奇妙」な場面と考えるかどうかは、その人の自由だが、少なくとも僕は奇妙に感じた。第一にその二人の青年が、なぜそんな危っかしい場所へ無理をして立たなければならないのか。第二にこの二人は親友なのか、それとも敵同志なのか。第三にこの猫は二人にとって、その時どういう意味をもっているのか。僕にはむろんわかるはずがないが、しかし、それぞれが確かな一つの意味をもっているのであり、この奇妙な一つの場面は一つの長い過去と、一つの長い未来、すなわち「物語」をもっているのである。

通常、僕らはこういう場面を奇妙とは考えないという一種の約束に従って、その前を素通りすることにしている。それは僕らの注意力と想像力には限りがあるためであり、まがりなりにも一個の自我として生きのびるためには、無益な分散と解体から積極的に自己を防衛しなければならないという配慮によるものであるが、しかし何よりも大きな原因は、僕らと外部との間に大きな連帯感の欠如、深い断絶があるためである。他者の運命がただちに自己の痛みと責任とはなりえないということは、二つの大戦を経験し、無数の殺戮を無雑作にくり返して来たあとで、僕らが到達せざるを得なかった、きわめて特徴的な状況であるといえる。端的にいうならば、このようにして失なわれた痛みと責任の回復ということが、戦後の文学を通じて僕らに与えられた実存的な課題であるといってよいであろう。

写真の話に戻ろう。写真は結局、このような長い物語をある一点で切断した切口のようなものである。物語を知っているものは、その切口を見て、それが物語のどの時点にあたるかを知ることができる。しかし、逆にある切口、ある場面を示して、その物語の全体をいえといわれたら、実に無数の物語がそこから生れるだろう。一点を通る直線(なにも直線でなくてもいいが)が、無数に存在するように、一つの場面を通って無数の物語が可能である。無数の変数の一つを変えただけで、函数の値が全く別のものとなるように、このいわば人生の切口のような場面が、同時に無数の場面に変りうる可能性――危機とでもいうべきものを内蔵しているという認識はやはりショッキングなものである。

いま、僕は僕の前に提示されたこの一つの場面から、二人の青年の無数に可能な経歴を引出すことができるし、また無数の喜劇や悲劇や、あるいはまったく無意味な未来をこの場面から出発させることができる。僕はこのスチールを、ある時バーで隣り合った男から貰ったのだが、後になってこれがあるフランス映画の一カットであることを知った。映画に一つの題名がある以上、この場面を運ぶ筋というものが一と通りしかないのはもちろんである。にも拘らず、それが一つの切口を示すかぎり、この一つの場面を無数の物語に還元することができ、また無数の物語がここから展開する可能性が存在する。

なぜ、僕がこのようなロジックに奇妙な情熱を感ずるかというと、それがとりもなおさず、俳句における物語性の問題を思い起させるからである。

僕らが一つの場面に遭遇して強い関心を持つのは、それがかならず一つの物語をもつということ以上に、それが同時に無数の物語をもつということのためである。そのような同時性に対する関心が成立するのは、その物語を自己と関わるものとして見るという実存的関心の故であって、作品と読者が真剣に結びつく個所は、その一個所を除いてはありえない。それ以外の結びつきはもはや好奇心でしかない。

この場合、俳句は否応なしに一つの切口とみなされる。俳句は他のジャンルに較べて、はるかに強い切断力を持っており、その切断の速さによって、一つの場面をあらゆる限定から解放する。すなわち想像の自由、物語への期待を与えるのである。そこでは、一切のものは一瞬その歩みを止めなければならない。「時間よ止まれ」という声が響く時、胎児は産道で息をひそめ、死者に死後硬直の過程は停止する。愛しているもの、憎んでいるもの、抱擁しているもの、犯罪を犯しているもの、一切はその瞬間の姿勢のままで凍結しなければならない。そこでは、風景さえも一つの切口となることによって、物語をもちうる。

このようにして切りとられた一つのカットは、初めに述べたスチール写真のように、いわば一つの「奇妙な」場面である。その切りとり方が真剣であればある程、人にはそれが奇妙に難解に思われる。しかし、この奇妙さと難解さは、実は逆に読者を作品に引きよせ近づける力なのであり、奇妙さとし、難解さとして大胆にこれを受けとめるよりほかには仕方のないものである。

キャパの「最後の戦死者」という写真に感動した人は意外に多いであろう。そこでは、一瞬前に確かに生きていたはずの兵士、たしかな、はげしい、しかしどこか絶望的な目の一角でかくれていた敵を狙っていたはずの若い兵士はもはやどこにもいない。仰向けに床に倒れて、一瞬前の自己ともはやいかなる関わりをも持ちえぬ一個の重苦しい物体があるだけである。カメラはこの二つの瞬間を「連続」として捉えることはできない。しかし、カメラ・アイと呼ぶこのシャープな機能の持つ限界が、逆に僕らに「連続」ということについて深い洞察と感動をよびおこすのだ。

一瞬前の姿勢と一瞬後の姿、おそらくは十分の一秒もへだてていないと思われるこの二つの場面の間にある苛酷な断絶はカメラによって明確にとらえられる。カメラがとらえたものは二つの場面ではなく、実はそのあいだにある、もはやいかなる力をもってしても埋めえない裂目である。だから、それは解決としてとらえられているのではなくて、もはや解決というものを永遠に放棄したかたちでとらえられているのだ。もはやいうまでもないことだが、カメラと俳句とのあいだには奇妙な機能的類似がある。というよりは、カメラと現代の俳句は、その方法において本質的に同じものである。

カメラが切りこむ一つの裂目、一つの断絶はただちに俳句が立ちむかうべき主題である。俳句が一つの物語をもつというとき、それは一つの場面を直接にとらえるものであってはならない。それは、二つの場面の間にある一つの裂目をとらえなければならない。でなければ俳句における時間性が回復される時はないであろう。

雨季来りなむ斧一振りの再会

という加藤郁乎の句は、いかなる場面の再現でもない。しかし、それが端的に一つの裂目をとらえているという点で、一つの完璧な物語をもっていると僕は考える。

カメラ・アイのとらえた瞬間の姿勢は、完全なアンバランスのままで一つのバランスをたもっていると考えることができる。そのような姿勢の前で、僕らは長いこと立ちどまり、息をひそめ、そもそもバランスとはなにか、不安な存在として立ちつくそうとするものにとって安定とは何を指すのかを、いやおうなしにつきとめなければならないであろう。

もはや弁解する必要もないが、このまわりくどいエッセイの初めから、僕はただひとつ俳句のことを語って来たのであって、その他の何について語って来たのでもない。俳句において物語が可能であるとき、それを可能ならしめる立場は以上のべた立場を除いてほかにはないと僕は考える。一つの場面が内蔵する無数の展開の可能性、切口としてのその難解性、直接の主題としての断絶、バランスとしてとらえられるアンバランス、一つの作品を前にしてとりあげることのできるこれらの問題はおそらくは一つの主題としては集束しないであろう。しかし、僕はこれらの問題を、俳句の物語性を成立させる一連の契機としてここでは考えてみた。

（「雲」一九六〇年七月、『海を流れる河』）

私の部屋には机がない ――第一行をどう書くか

私たちにとって〈第一行〉とは、つねに〈訪れるもの〉である。訪れは、私の側の用意のあるなしにかかわらない。それはしばしば、完結した断定としてやってくる。したがって、私が詩を書きはじめるのは、多くの場合二行目からである。

私は机の前ではほとんど詩が書けない。詩ばかりでなく、自律的な思考は机の前ですべて停止してしまう。それはたぶん、長い期間労働しながらものを考えて来た名残りなのかもしれない。今でも私がものを考えるのは、ほとんどが歩行中である。したがって、私にとって散歩とは、ものを考えるためにどうしても必要な一種の手つづきである。そして私が詩を書くのも、多くは屋外である。そのばあいでも、私はあまりメモをとらず、頭のなかで詩を書きあげる。一行書くごとに、忘れないようにそれを確かめてから、先へ進む。行きづまったら、また最初から出来あがった詩行をたどりなおす。出来あがった詩行を忘れないために、リズムは不可欠なものであり、そのためにも歩行は私に必要なものである。

忘れずに記憶にとどめておける行数には、いうまでもなく限りがある。その限度が私の詩の長さを決定するのではないかと考える。

第一行は〈訪れるもの〉だといったが、これは正確ではない。私は多くの第一行と路上ですれちがっているはずである。私にかかわりのない第一行は、そのまますれちがうだけだが、もし重大なかかわりがある一行であれば、それはすれちがったのちふたたび引きかえしてくる。この「引きかえしてくる」という感じは、説明しにくいが、私にとって大へん大事な感覚である。それはいちど通りすぎたのち、やっと私の顔をおもい出した、というように引きかえしてくる。とすればそれは、かつて記憶のなかで、予感のようにめぐりあった一行かもしれないのだ。

いうまでもないことだが、この第一行は、かならずしも詩の冒頭の一行を指すわけではない。

詩は不用意に始まる。ある種の失敗のように。詩を書くいとなみへ不可避的につきまとうある種の後悔のようなものは、いわばこの不用意さに関係しているのかもしれない。

私たちはことばについて、おそらくたくさんの後悔をもっていると思う。私たちが詩を書くのは、あるいはそのためかもしれない。

「いわなければよかった」ということが、たぶん詩の出発ではないのか。いいたいことのために、私たちは散文を書く。すべては表現するためにある、というのが散文の立場である。散文に後悔はない。

詩とはおそらく、表現すべきではなかったというううらみに、不可避的につきまとわれる表現形式ではないのか。それにもかかわらず、なぜ詩が書かれるのかといえば、ある種の不用意からだとこたえるしかない。

こうして、いささか不用意に、冒頭の一歩が踏み出される。ただ重要なことは、この不用意は、たぶん私たちの心がけの問題ではなく、ことばそのものがもっているある種の不用意、いわばことばとしてのユーモアではないかと私は考える。このユーモアは、およそユーモアとは似ても似つかぬくらい表情、きびしい表情すらさそいかねない。

私たちが詩を書くのは、おそらくはこの不用意に対するある種の安堵、あるいは信頼があるからではないだろうか。

（「ユリイカ」一九七二年三月、『海を流れる河』）

辞書をひるがえす風

風がながれるのは
輪郭をのぞむからだ
風がとどまるのは
輪郭をささえたからだ
ながれつつ水を名づけ
ながれつつ
みどりを名づけ
風はとだえて
名称をおろす
ある日は風に名づけられて
ひとつの海が

空をわたる
この日は　風に
すこやかにふせがれて
ユーカリはその
みどりを遂げよ

（「名称」）

この詩を読み返して、あらためて思うことは、詩を書くに際し、いかに発想に忠実になり切れないかということである。というよりはしばしば、ある重大な発想に鼓舞されて出発した詩が、その直後に第二の発想にとって代られ、その屈折のままで展開してしまうことがある。そういう場合、私は最初の発想をいわば「呼び水」と考えて、詩自体の屈折には逆らわないことにしている。書き終った詩だけでなく、詩は書かれつつあるときに、すでにひとり歩きをすることがあるからである。最初の発想は、もしそれが重要な展開を孕んでいるとすれば、さらに成熟し、さらに新しい出発と展開をもつはずである。嵯峨信之氏はこういう場合、最初の発想の部分を「消す」そうだが、私はかならずしもそれにこだわらない。

この詩を書きはじめたとき、私には「風はみずからの輪郭を求めて流れる」という重大な発想があった。そしてその発想は、「風が途絶え、消滅したとき、風ははじめてその輪郭を持ったのだ」という、さらに重大な発想へひきつがれた。風が途絶えるとき、風ははじめて安堵の輪郭をささえ、深い吐息とともに「立ちどまる」。いわばそのとき、風は位置を獲得する。私はしばしば風のなかで、そうした実感をあじわう。しかしこの発想は、ものが消滅するとき、はじめてその輪郭をもつという逆説の抽象化へそのままはねあがり、そのまま拡散して行く危険をもっている。私はこれまでにしばしば、発想そのものに有頂天になって、一挙に詩を拡散させてしまった苦い経験がある。

たぶんそうしたことへの危惧と躊躇が、第二の発想へと詩を横すべりさせたのかもしれない。

風の流れるさまを、私たちは現実に見ることができない。ただ水が波立ち、樹木がざわめくとき、風が流れることに私たちは気づく。風は流れることによって、ものたちの輪郭をなぞり、ものたちに出会う。それが風の愛し方である。私にはそれが、風がそれぞれのものを名づけて行く姿のように見える。それが風のやさしさである。辞書のページをひるがえすように、これは海、これは樹木と、手さぐりで世界を名づけて行くとき、風は世界で最もうつくしい行為者である。そしてそのときはじめて、ものごとの輪郭にまつわる発想は、いわば命名衝動ともいうべき発想へその道をゆずる。いわばこのようにして、第二の発想へと、詩の全体が傾斜して行ったのではないかと私は考える。

この命名の発想のみなもとにあるのは姓名である。私は姓名において名づけられ、生きついで来た。姓名はしばしば私自身より重い。私にそのことを教えたのは戦争である。戦争は人間がまったく無名の存在となるところでありながら、おそらくは生涯で最も重くその姓名を呼ばれる場所である。

人はそこでは、絶えまなく姓名を奪われながら、その都度、青銅のような声で背後から呼ばれる。「なんじの姓名へ復帰せよ。」そして私が呼ばれるのは、しばしば風のなかであり、風が儀式のイメージへときに結びつくのはそのためである。

（「現代詩手帖」一九七五年二月、『断念の海から』）

私と古典
——北條民雄との出会い

古典ということばにこだわってみても仕方がないので、ある書物と私との、戦前から戦後にわたるながい因縁ばなしを書いてみたい。ある書物とは創元社刊『北條民雄全集』上下二巻である。

私が北條民雄の作品に初めて出あったのは、昭和十一年の「文学界」二月号に掲載された「いのちの初夜」で、私はまだ学生であった。「いのちの初夜」は、川端康成の紹介で「文学界」に掲載されたが、その前年の「文学界」十一月号に「間木老人」がおなじく川端康成の紹介ですでに掲載されている。しかしこの方は題材も地味であり、つとめて感情を抑えた筆致で書かれていたこともあって、癩院という想像をこえた環境での彼の危機感になまなましい衝撃と共に私たちが触れたのは、「いのちの初夜」が最初だったといっていい。マルクス主義の全面的な退潮と、戦争前夜の不気味な真空状態のなかで、すべての座標を失いはじめていた私たちにとって、つぎつぎに発表される彼の作品は、私たちの理解の及ばぬ大きな出来事であり、私たちはただ茫然と彼の作品の前に立ちつくすだけであった。

北條民雄との邂逅の意味がはっきりとつかめぬまま、翌年の夏には日華事変が始まり、時代は次第に戦争への傾斜をはやめて行った。

昭和十一年十二月、作品四篇(「いのちの初夜」「間木老人」「癩院受胎」「癩家族」)、随筆二篇、癩院記録二篇を併せた『いのちの初夜』が川端康成の跋文を添えて創元社から刊行された。川端康成は北條民雄の稀有の理解者であり、ペンネームの北條民雄をはじめ、彼の作品の表題のいくつかは川端康成の忠告によって改題されている。

学生当時の私には、余分の書籍を買う余裕は全くなく、翌々年の卒業、就職を待ちかねるようにして買い求めた。

しかし当時の私をつきうごかしたものが何であったかを、おぼろげながら理解できるまでには、かなり長い時間を必要とした。

北條民雄は昭和十二年末に東村山全生園で死去しているので、彼の作家活動はわずか三年にすぎない。昭和十三年六月、上下二巻から成る『北條民雄全集』が、おなじく創元社から刊行された。待ちかねるようにして購ったのはいうまでもない。全集の上巻には、未完成のものを含む全作品と作品ノート、下巻には随筆と感想、日記、書簡、年譜、友人の追悼記と、川端康成の跋文をおさめてあり、とにかくそれまでは全く知られることがなかった日記と書簡は私には貴重なものであった。

日記によると、北條民雄は昭和十一年の六月に死を決意して二週間東京の近辺を放浪している。私はこころみに私自身の日記の、おなじ時期の箇所を読み返して愕然とした。なんということもない、たいくつきわまる記述の連続でしかなかったからである。

日常の時間のなかの絶望的な落差のようなものに漠然と気づいたのは、その時が初めてであったが、この感覚はのちになって、さまざまな発想を生むためのひとつの手がかりになった。

その翌年(昭和十四年)私は召集され、折角入手した全集を東京に残したまま入隊したが、結局他の書物と共に空襲に遭って焼失してしまった。入隊後一年半で、私は満州へ動員された。

あるときたまたま立寄ったハルピンの書店で、上下そろった『北條民雄全集』を見つけたときはさすがにうれしかった。それから二年、刻一刻戦況が不利になって行くなかで、手さぐるだけのような読書がつづいた。

昭和二十年八月九日、ソ連の宣戦布告と共に、細々とつづいて来たささやかな読書は中断された。宣戦布告と同時に、私たちが住んでいた護軍街の寮に野砲陣地が構築されることになり、私たちはほとんど着のみ着のままで商舗街の寮へ疎開した。折角手にした全集を持ち出すひまもなかった。

八月十五日、戦争は終った。無収入の私は、その日から生活に追われる破目になった。運び屋や下水掃除などであくせくしていたある日、たまたま街頭の古本市で思いがけなく『北條民雄全集』上下二巻を見つけた。値段を聞いてみたが、その時の私には手を出せる額ではなかった。思案に余った私は、かろうじてその時まで手許に残してあった岩波版の露和辞典を持込んで掛けあってみた。商談は二つ返事でまとまった。ソ連軍の進駐を控えて、ロシア語辞典の需要は大きかったのである。私は全集をかかえて、泣きそうな顔で疎開先の寮に帰った。

こうして三度目に奇跡的に出会った『北條民雄全集』も、その日暮しの生活に追われて落着いて読み返すひまもないまま、その年の暮れ、私はソ連軍に抑留されてシベリアへ送られた。

抑留のさいごの三年は、ハバロフスクで一般捕虜なみの、多少とも緩和された環境ですごすことができたが、この時期に収容所内の素人劇団のために北條民雄の「癩院受胎」を脚本に書きおろしたことがある。他愛もない茶番劇や漫才に飽きあきしていた劇団員はさっそくこれにとびついて来た。北條民雄の作品が舞台で演じられたのは、おそらく初めてのことではないかと思うが、演劇は最初から重苦しい、異様な雰囲気のなかで行なわれ、幕がおりた瞬間、観客のあいだから異様などよめきが起ったのをおぼえている。

いま私の手許には『いのちの初夜』と『北條民雄全集』の下巻がある。いずれもシベリアから帰還後神田の古本屋で求めたもので、北條民雄の著書とは実に四度目の出会いである。

（「四次元」一九七五年九月、『断念の海から』）

自作自解

サヨウナラトイウタメニ

ワカレネバナラナカッタ　オレハ
帽子ヲカタムケ　マッチヲスリ
ワカレネバナラナカッタ　オレハ
錯覚スルビジョンヲサラニトオク
背ニ裂ケタ上衣ヲ愛着シ
シズカニ滑走スル旅客機ノヨウニ
改札口ヲトオリ　階段ヲノボリ
フシギニヤサシイココロトナッテ
誰レカレトナク会釈ヲカワシ

ワカレネバナラナカッタ
ワカレネバナラナカッタノダト
クリカエシソノ言葉ヘオボレ
背後ヘトオザカルゴトニ
マスマスフカクナル空間ノ
ヤケルヨウナ一点ヘアガル
白イマブシイ手ニ追ワレ
ワカレテ行クノダ
古風ナ義足ノヨウニ

オボエテイル　石ノナカノ声ヲ
オレハソレヲユサブッタ
キミハソレヲユサブッタ
ソウシテフタリデ耳ヲ
オシアテテ聞イタノダ
ツイニ石女（ウマズメ）ノヨウニ

ヨワヨワシク厚イ内部デ
納得シテイッタ声ヲ
ダマラネバナラナカッタ　ナゼ
ワカレネバナラナカッタ　ナゼ
火ヲヌスンダプロメテノヨウニ
目ノサメルヨウナ
清冽ナ非難ニ追ワレ
トオイ堤防ノ突端へ
ユックリト膝ヲツキ
シグナルノヨウニトモリ
シグナルノヨウニ
火ヲ消スノダ　イツカ
フタタビマブシイ風ノナカデ
キミガオレヲヨビトメ
オレガキミヲヨビトメ
モウイチド石ヲナゲアウヨウニ

サヨウナラトイウタメニ

詩のモチーフとなっているものについては別に説明を要しないと思います。いろいろな時期のいろいろな経験から一つのモチーフが生れました。けれども、そのモチーフを一つの主題へ結実させるためには、私なりに緊張が必要でした。

はじめに、なんの反省も加えずに「ワカレネバナラナカッタ」と題を書き、これを最初の一行として書き出しました。こういうふうに、初めを書き切ってしまうことには不安がないわけではなかったのですが、いったん単純な足がかりをつけて見ると、あとはかえって書きやすくなりました。

片かなを使ったのは、その硬質の説得性を利用しようと思ったからです。詩を書くにあたっては、意識的にくどい言いまわしをすることによって、遠ざかりながら執着し、はしり出してはたえずその距離をふりかえるような気持を技法の上で生かそうと思いました。詩が出来あがって行く過程はちょうど粘土をこねまわしてそれをべたべたたたきつけて行くような気持でひと息に息の切れるところまで書きつづけてみようと思いました。最後に、「モウイチド……サヨウナラトイウタメニ」という言葉を書き終って、はじめて主題がはっきりしました。それは「イチド　サヨウナラトイッタ

モノハ　モウイチド　サヨウナラトイワネバナラヌ」という思想です。いわば、そのような主題を見つけ出すために、そこまでしゃにむに書きついで来たわけです。そこで、躊躇せずに「サヨウナラトイウタメニ」と題を書きかえました。そこまで来て、はじめて構成ということが問題となって来て、ある言葉を加え、ある行を抹殺し、ある行を入れかえました。そうして、一つの円周を二度まわり終ったとき詩ができあがりました。この詩の場合には、特別に方法というものを意識していたわけではありませんが、詩を書く過程が同時に主題を探して行く過程となるような態度を、いわば方法のようなものとして感じていたのかもしれません。錯綜した表現をとおして主題が単純にうかびあがって来るような詩を書きたいと、その頃は考えていました。

（「詩学」一九五七年八月、『断念の海から』）

断念と詩

今日の私の話は「断念と詩」という大変重苦しい題になっております。私の意図でそうなったのか、あるいは主催者の方(かた)の意図でそうなったのか忘れましたが、いずれにせよ断念という発想は、長い、さまざまな径路を通って、私なりにたどりついた考え方なので、できるだけこの題に即したかたちで、不充分ではありますが、現在の私なりの考えをお話ししたいと思います。

二十年ほど前、私がまだ詩のようなものを書き始めたころ、当時の鮎川信夫氏から、「一篇の詩を書き終ることは、いわばその詩を放棄することにひとしい」といった意味のことばを聞いた記憶が今でもあります。私はその当時、そのことばを、一種奇妙に新鮮な違和感と共に受けとったように思います。

当時の私にとっては、一篇の詩を書き終るということは、詩によって自己を表現として完結することだということばをそのままに、力つきてその詩を投げ出すという意味に取ったわけです。

それから十数年を経て、初めて私は「断念」という発想にたどりついたわけですが、その時はじめて鮎川氏の「放棄」ということばが、私にとって断念という方向を暗示していたように思ったわけです。

私は断念ということの重さへ、詩を書くことによってたどりついたわけですけれど、それはただ、たどりついたというだけで、そこへたどりつくまでの径路や試行錯誤の跡をここでお話しすることは、ほとんど不可能に近い。

私の詩が出発したときには、「位置」という発想が唐突にあって、その発想が私の詩にとって次第に決定的になって行った、その延長線の上へ断念という発想が浮びあがって来たように私自身には思われます。

私が「位置」ということばについて考えるのは、自分自身がそこにいるよりほかどうしようもないという位置であって、多分それは私自身、軍隊とシベリアに拘禁されつづけて来た体験がその背後にあると思います。

つまり自分はそこにいるよりほか、どうしようもなかったという、その位置です。

よく私は、確固として自己の位置を守りつづけて来たように思われがちですが、実際には、ただそこに釘づけにされて、他へ行こうにも行き場のなかった、位置というものの重苦しさを、かろうじて詩によって救おうとしていた、ということもできると思います。

そこから、断念という発想が生れて来たのは、今になって考えればむしろ当然のように思われますが、しかし当時の私にとっては予想もつかないことであって、ただ、位置というものの重苦しさからなんとかのがれ出ようとして、くり返しつづけて来たさまざまな試行や屈折の果ての、一つの折り返し点ではなかったかと、今にして思うわけです。

ただ、私にとってかろうじていえることは、私がかつて「ある位置」にいたということは、同時に、他の位置をえらぶことを断念したということではないのか。人間が自由に他の位置をえらびとることができないという状況は、戦争と強制収容という状況を通って来た私には、今もなお痛切な問題であり、その痛切さが断念という発想を生んだのだと今にして思うわけです。

そうすると私は、ほんとうははじめから断念をしていたのではないか。断念において出発して来たのではなかったかと私に限っていえそうな気がします。そうした展開は、詩という表現によってこそ可能だったのではないか。いってみれば、詩という表現形式は、私にとってそのような意味を持っていたと思います。つまり散文の論理からは、このようなラジカルな発想は生れてはこない。

いいかえれば、断念ということばには、一つの条件のやりきれなさということが、そのうらに含まれていると思わざるをえない。そしてそれは、位置という条件から、他の条件へ拡大される可能性を無限にはらんでいる。

断念とはいわば、きわめてラジカルなかたちでの逃避です。そしてそのような逃避のかたちでかろうじて私は、現在の私自身に向きあっているわけです。

私にとって、断念の重大な意味はもう一つあります。それは「告発」ということ、「被害者意識」からの断念ということであります。

私は帰国後フランクルの『夜と霧』を読んで大きな衝撃を受けましたが、何よりも私の心を打ったのは、フランクル自身が被害者意識からはっきり切れていて、告発を断念することによって強制収容体験の悲惨さを明晰に語りえているということであります。

このことに思い到ったとき、私はながい混迷のなかから、かろうじて一歩を踏み出す思いをしたわけです。つまりその時は、「断念」という立場こそが、自分の思想的混迷から自分を自立させる途だと、漠然と予感していたのかもしれません。

以上が私がたどりついた断念という立場の大へん大ざっぱな説明ですが、これはあくまで断念という立場の私自身の考え方であって、あなた方にもそう考えなさい、といっているわけではありません。

断念とはきわめて困難な、苦痛な立場であると同時に、ある意味では安易な立場でもあります。断念という立場がもつこの二重性を、現在の私は、私なりに重大と考えております。

これから先は、すこし飛躍したいい方になるのを許していただきたいし、私にとっても充分なリアリティの保証はないのですが、もしここに一輪の花があるとすれば、その花は花以外のものであることを断念することによって、そこに花として存していると考えることができます。

花であることでしか
拮抗できない外部というものが
なければならぬ
花へおしかぶさる重みを
花のかたちのまま
おしかえす

そのとき花であることは
もはや　ひとつの宣言である
ひとつの花でしか
ありえぬ日々をこえて
花でしかついにありえぬために
花の周辺は適確にめざめ
花の輪郭は
鋼鉄のようでなければならぬ

（「花であること」）

私は私以外のものであることを断念することによって、まぎれもない私として、今この場に存在している。

その人がもし、その人自身であることを断念できない時、その人はどうすればいいのか。これは容易に自殺論に展開するおそれがあるので、これ以上は触れません。

ただ、花は自殺しないが、人間は自殺することもできるということは、心にとめていただきたいと思います。

私が、私でないことを断念することによって、私として存在しているということは、存在ということへの、きわめてネガチブなアプローチですが、もしそのようなアプローチが許されるとしたら、断念ということは、存在することの、いわば基本的な立場ではないのか。

これは大へん詩的な断定であって、散文の論理からは、このような断定は出てこないだろうという意味においてであります。

そしてさらに問題を飛躍させるなら、私自身が意志的に断念する、または断念したのではなくて、なにかによって断念させられる、あるいは断念させられた、という方が真実に近いかもしれない。

もしそういう言い方が許されるとすれば、私たちを断念させる、あるいは断念を強制するものが当然なくてはならない。それは何かという問いが、すぐそのあとを追うようにして出てくるだろうと思います。その場合私たちは、反射的に神あるいは運命ということばを、用意されたもののように思い浮べるかもしれませんが、私自身は問題をそこまでさかのぼっても、答えはなにも出ないのではないか。それ以上の問いに、本来私たちは耐えないのではないかと思います。

それよりも、私たち自身がなんらかの断念の結果としてこの世界に立ち、存在していると考えることが何かの手がかり、出発となるのではないかというふうに今は考えております。そして、そのすべての断念の頂点に「死」そのものがあるのであって、私たちは一旦はその死を断念することによって、この場所にこうして生きて立っている、というのが現在の私が考えている、断念ということのぎりぎりの限界であります。

　そして、私自身のこの考え方は、いわばそれぞれの思想が独断であるとおなじように、ひとつの独断であるとは思いますが、しかしその独断であることによって、かろうじて私はあらゆる論駁、反論に耐えていると思っているわけです。ただここでお断りしたいことは、存在すなわち断念という発想は、あくまで論理のすじみちを追ったうえでの断定ではなく、戦争と抑留ののち、詩を書きついで行く過程で、いくつかの試行錯誤と混乱を経て、いわば自分のからだでおぼえた思想であります。ですから、私はやむなくこの思想に到達したのであって、その有効性とか展開の可能性というものは、現在の私にはほとんどないにひとしい、ということだけ申しあげておきたいと思います。

　このようにお話しして、おのずと私の記憶にのぼってくる一篇の詩があります。それは佐藤美沙子という女性が最近出した詩集『追伸』(詩学社刊)のなかの一篇ですが、それを読んでみます。題は「無題」。

無題

石
それでいいのね
去年もおとしも
私はみてしまった
今年も
石
そこでいいのね。

この詩にあまり大げさな解説を加えるつもりはありませんが、この詩にも、存在ということに対する詩人のさわやかな断念に似たものを見ることができるように思います。

ある建築家から聞いた話ですが、立原道造という詩人は東大の建築学科の出身で、その卒業設計は、やがては廃墟となることを予想した建築物の設計であったということとです。私自身はその真偽を確めておりませんので、立ち入った話は避けたいと思いますが、その話を聞いたとき、瞬間的に私が思ったことは、何よりも建築家である前に、立原道造は詩人であった、ということでした。ずい分昔のことなので、その直感の由来を自分に説明できなかったのですが、現在の私の立場にあえて引きつけていえるなら、創造ということの直前にすでに創造されたものが崩壊しつつ残るすがたの美しさ、いわば創造そのものの断念としての美学がすでにあったのではないか。

そして、現在の立場で私にかろうじて考えられることは、断念をしたあとに果して何かが残るだろうか。もし残るものがあるとしたら、それは私たちに何をもたらすのか。

話はすこしとびますが、もう何年か前に偶然の機会にアンコール・ワットの遺跡を訪れたことがあります。アンコール・ワットの遺跡は全体が砂岩性の軟質の岩塊の巨大な積上げから成っていて、それがわずかずつ、日に日に風化し、崩壊しつつあるさまをはっきりと感じた時の、一種異様な感動をいまでも憶えております。

つまりアンコール・ワットはすでに創造されたモニュメントであることをやめ、日に日に風化し、崩壊しつつあることによって、今もなお変化し、うごきつづけているということであります。うごくものはすべて生命あるものだけではない。モニュメントとしての生命を断念したものが、なお崩壊しつづけることによって動きつづけていた。「生きつづけて」いたという不思議な感動は、断念という場にたどりついた現在の私にとって、かろうじて理解することができるように思います。

人が重大な断念をしたとき、なにがその人に残るか、そして残るとすればそれは、その人にとってどのような重さと意味をもつのか。現在の私にそのような問題を考えつづけて行く力は、到底あろうとは思えませんが、とも角も私がこののちもたどろうとしている方向の予感のようなものとして、今も私のなかに疼きつづけている、ということだけを申し上げて私の話を終ろうと思います。

お手許に差しあげた資料は、私自身の作品なので、大へん恐縮に思っておりますが、いずれも「断念」という発想を基点として読んでいただければ、多少とも気づかれる点があるのではないかと思います。

断　念

この日　馬は
蹄鉄を終る

あるいは蹄鉄が馬を。
馬がさらに馬であり
蹄鉄が
もはや蹄鉄であるために
瞬間を断念において
手なづけるために
馬は脚をあげる
蹄鉄は砂上にのこる

板

私を盾とよぶな
すべて防衛するものの
名でよぶな
一枚の板であれ　それは
祈られて　あるものだ
はるかにその

みなもとをとおく
絶滅のあとの渚へ
ひらたく置かれ
祈られて波に
洗われつぐものだ

（「心」一九七七年七月、『一期一会の海』）

「フェルナンデス」について

フェルナンデスと
呼ぶのはただしい
寺院の壁の　しずかな
くぼみをそう名づけた
ひとりの男が壁にもたれ
あたたかなくぼみを
のこして去った
　〈フェルナンデス〉
しかられたこどもが
目を伏せて立つほどの
しずかなくぼみは

いまもそう呼ばれる
ある日やさしく壁にもたれ
男は口を　閉じて去った
〈フェルナンデス〉
しかられたこどもよ
空をめぐり
墓標をめぐり終えたとき
私をそう呼べ
私はそこに立ったのだ

この詩は、自分でも好きなものの一つです。ずいぶん昔のことになりますが、もしここに一人の心やさしい男がいて、ある日壁にもたれたのち、どこへともなく立去ったとしたら、彼がもたれた固い壁に、たぶんあたたかく、やわらかなくぼみが残るのではないかという発想が唐突にありました。

その発想のみなもとは、今でも不可解なままですが、たぶん、追いつめられた苦痛な詩を書きつづけていたときでしたから、反射的な救いのように私を訪れたのではないかと思います。

けれどもその発想を一篇の詩へ展開させるちからは、その時の私にはまったくありませんでした。発想は発想のままメモに書き残され、十年近くの時がすぎました。

ある日、なにげなく外をあるいていたとき、「フェルナンデス」という不思議な名前がふと口をついて出て来ました。フェルナンデスというのはスペインによくある男の名前ですが、その名前を口にした時、反射的にそれが今いった発想に結びつきました。

ことばに出会うという機縁の不思議さを、その時ほど痛切に感じたことはありません。たぶんその時の私にはスペインの闘牛士のような肩幅の広い、精悍な、そしてふしぎと心のやさしい男のイメージがあったのだろうと思います。

私にはめったにない感動的な瞬間でした。私はそのことばを手ばなすまいとして、一時間ほど町を歩きまわっているうちに、詩のほとんどを頭のなかで書きあげました。手帖に書きとめる余裕もないはやさで、イメージはたてつづけにイメージを追い、そしてそれをさいごのことばでしめくくったとき、なにかためいきのようなものが、胸の底から湧きあがったのを、今でもおぼえています。

「叱られたこども」というイメージが、これらの詩行の展開の結び目となり、てこになったのだと思います。ひとつの発想をこれほどながく眠らせて来た経験はその後ありません。

（「月刊ポエム」一九七七年四月、『一期一会の海』）

「全盲」について

いまは月明に
詫びるものもない
あるものはただかがやいて
みぎにもひだりにも
無防備の肩だ
かがやくことで
怒るための
前提はおよそ
不可触のまま
全身満月　全盲にして
立つ

われわれに詫びるべきものはなにもない、というのが戦中世代特有の発想だろうと思いますが、私はかならずしもそうは思いません。

私たちに詫びなければならないものが、一体どれほどあるか。

でも、あることを、詫びるということで、なにがつぐなえるかということです。つぐなうということは、いわば一種の報償行為ですから、それで収支そのものはつぐなえるかもしれません。でもそれではすまないのです。

ごく最近、私は一種の錯乱状態から、二度発作的に腹を切りそこねましたが、とても切れるものではなく、見苦しい傷痕が残っただけでした。われにもあらず、思いあがった行為をしたと思っています。


（「無限」一九七七年三月、『一期一会の海』）

Ⅲ　聖書と信仰

『邂逅』について

私は椎名〔麟三〕文学のとくに熱心な読者ではない。とくに最近の作品は、私だけの体質からくる抵抗があって、ほとんど読んでいない。ある時期、私が熱心に読みふけったのは、『邂逅』に到る主として初期の作品である。とくに『邂逅』との出会いは、私にとって文字どおり〈邂逅〉にひとしい事件であった。『邂逅』はくり返し五、六度読んだような気がする。どうしてあれほど夢中になって読み返したのか、今になってみるとふしぎだが、理由は作品よりも、私自身の方にあったのではないかと思う。

『邂逅』を読んだとき、最初に私をひきつけたのは、ある奇妙な、生き生きした混乱と、その混乱がもつどうしようもないリアリティ、そしてその混乱の全体をささえているあるあたたかな安堵のようなものである。それは、受洗という新しい現実を通過した椎名氏が、必然的に直面させられた混乱と同質のものであったかもしれない。私には復活したキリストとの予想もしなかった邂逅という現実に、むしろ困惑してい る椎名氏の表情を見るような気がした。それはたとえば「おれはおれの無力に苦しみ、悩み、疲れている。それがお前たちに対するおれの自由と喜びのユーモラスな告白なのだ」とか「笑いながら、おこっていますよ」といった切迫した言葉によくあらわれている。正直なところ、これらの言葉に行きあたったとき、私はほとんど泣き出さんばかりであった。

私は『邂逅』を、かならずしも「文学的に」読んだわけではない。シベリヤから帰って三年目の私は、およそ文学的にものを読める状態ではなかった。私にとって、自由と混乱とは完全に同義であり、混乱を混乱のままでささえる思想をさがし求めていた。たぶんそれが〈愛〉というものなのだろう。だが、愛という言葉ひとつを口にするためにも、じつに多くのまわり道をしなければならない。それが椎名氏のいう「自由」ということなのであろう。

復活したキリストによって、私たちのまったく理解しない、まったく異質の新しい秩序によって、そのままの姿でささえられた者が、きのうとおなじ世界のなかで、なお立ちつづけるとき、世界がどのようにその意味を変えるか、意味を変えた世界をどのような〈自由〉において受けとめるか。これが、この混乱の全体によって、作者が問い同時に作者が問われている問題である。この問題の重さにくらべれば、構成上の多少の破綻は私にとってはとるにたらぬことであった。

だが、作品の主題はともかく、作品との邂逅は純粋に私自身の側の出来事である。それが、読者であるということの意味であろう。邂逅はある時点での出来事であり、事件としての邂逅は起るやいなや終る。あとは自分であるき出すだけである。このようにして邂逅は、無数の孤独な問題を一点へ交差させる。そして問題の展開は、おなじ数の方向へ分れる。展開して行くものは、ふたたびおなじ問題として交差することはないだろう。しかし、ある一点をひとつの偶然によって「共有」したということは、文字どおりかけがえのない出来事である。そのようにして私たちは、無数の地点を、無数の人と共有するのである。

さいごに、この作品の随所に見られる〈荒廃〉という言葉の独特なニュアンスについて。私たちにとって〈荒廃〉という言葉は、救いのない状態、または罰せられた状態としての意味しかもっていない。しかし『邂逅』のなかで私たちが遭遇する荒廃は、そのひとつひとつの局面では救いようのない状態でありながら、その全体があたたかく許されていると作者は考えている。そして、この思想を確固としてささえているものは、作者自身のどうしようもない実感である。おそらくこの「許されている」状態は、そのまま椎名氏の〈自由〉へ直結するものであろう。

（「日本読書新聞」一九七〇年六月、『日常への強制』）

半刻のあいだの静けさ——わたしの聖句

第七の封印を解き給ひたれば、凡そ半時のあひだ天静(しづか)なりき

ヨハネ黙示録 八・一

私は聖書を読むとき、無意識のうちに詩的な発想をさがし求めていることが多い。だから、求道的な読者なら素通りしそうな箇所で長すぎるほど立ちどまったりする。聖句として感動するまえに、詩として感動してしまうのである。わけても黙示録のこの一句は、信仰という枠をこえて、望洋たる感動を私にしている。

私は口語訳の聖書をほとんど読まない。聖書の最初の印象を私に決定したのは、文語訳の格調の高さであり、いまもなおその印象がうしなわれることをおそれるためでもあるが、何よりも大きな理由は、文語訳にはあきらかに詩があるということである。これにくらべると口語訳の聖書には、かわいそうなほど詩がない。

さて冒頭にあげた文章であるが、これはいわば叙景的な証言ともいうべきものであるから、信仰へのはげましにあふれた、いわゆる聖句にはおよそほどとおいかもしれない。ただ、私がこの文章のまえに立ちどまらざるをえないのは、「凡そ半刻のあひだ」という猶予の時間の、息づまるような静寂のうつくしさに感動するからである。

「待つ」というとき、私たちは、待たれるもの（あるいは待ちたくないもの）の出現だけが、待つことのすべての意味だと思いがちである。昨今の終末論議の性急さの背後には、このような倒錯した発想があるのではないか。しかし、待つことがおそらくはそのまま生きることではないか。待つことが生きることとまさに等価であることの保証こそ、この「猶予」であると私は考える。

私たちの生きているこの世界からは、意味というものは窮極的に失なわれてしまっているのだ、と私たちは告げられる。しかし、本来このような認識が始まるのは、意味が窮極的に回復された場所においてでなければならない。実に復活した者のみが、真に生き生きと死を語りうる。もはや意味が失なわれている世界のなかで、「意味が失なわれている」という認識は、本来始まりようのないものである。

しかも私たちが「意味が失なわれている」という不安にたえず悩まなければならないのはなぜか。ここでは、二つの認識が互いに堂堂めぐりをしあっており、いずれの発想も、他の発想の根拠とはなりえない。しかしおそらくこういうことがいえるであろう。すなわち、「意味が失なわれている」という認識はすでにこの世のものではないということである。

問いそのものの不毛性をこえて、この「意味が失なわれている」ことへの切実な不安が私たちのあいだに存在しているというのであれば、それは、私たちにとってすでに終末が始まっているということではないか。

（「びーいん」一九七三年九月、『海を流れる河』）

信仰とことば

信仰とことばとのかかわり、といった厄介な主題に立ちいるまえに、ことばは正確な意味で人に(あるいは私たち自身に)伝わるものだろうか、あるいは現に伝わっているのだろうか、という重大な問いに私たちはまず直面せざるをえない。ここで問題となるのは、およそ関係といわれるものの根源的な媒介単位としての「ことば」であって、情報ではない。情報がその意味を問われるのは、もはやそれはことばではないという次元においてであって、ことばはこの次元の一歩手前で生の一切の主題にじかにかかわり、たちまち焦点を見うしなう危険に生きいきとつきまとわれる。

私がここでいいたいことは、それが「生きいき」した危険であることであって、直面するや否やたちまち拡散させられることへのおそれではない。ことばはつねに「重大なとらえがたさ」であり、たしかな生命にあふれているにもかかわらず、手づかむ間隙を水のようにしたたたって、拡散する運命にある。

それはおそらくは、信仰という、永久に安堵し、手なずけることのできない人間の姿勢へ、そのままの輪郭でかさなるものであろう。だがこの辺から私の思考は混乱してくる。本来ありえざるもの、つまりは無へ、しかも生きいきと私たちは引き合わされているのではないか。

信仰とは、いわばありえざる姿勢の確かさである。そしてそのような姿勢にリアリティを与えるものが、不安としてのことばであるように、私には思える。信仰というすがたのあやうさと、ことばのあやうさが、そこで生きいきと対応する。その対応への不安が、信仰のリアリティであり、それをうらがえせば、存在の根源的な不安さのリアリティとしてのことばではないかと私は思う。

このようにして、不安なものこそリアルであるという結論を、私は先取りせざるをえない。そしてこのようなかたちで、リアリティを先取りするすがたが、私にとっての信仰であり、そのリアリティの保証としてのことばではないのか。

信仰はことばによって告白される。私は青年のころ、ひたすら心の平安をねがって教会をたずねたが、教会がけっしてそのようなかたちで、人に平安を与えるところでないことを、のちになって知ることができた。じつに人間を不安へ向けてめざめさせるところ、それが私にとっての教会だったのである。そこではことばは、もはや伝達を自明の理として語られることばではない。ことばは信仰の証しとして、一歩ごとに蹉跌の危機にさらされる。

信仰というものは、いわば挫折そのものである。信仰が背理だといわれるのは、そのためである。それとまったくおなじ次元で、ことばもまた、挫折そのものであると私は考える。人は信仰において挫折するまえに、ことばにおいて挫折する。そしてもしそのような挫折の全体が、巨きくあたたかな次元で許されているという保証がなければ、そのような挫折に私たちは到底耐ええないだろう。しかもそのような保証が確かにある、と安堵していえないのが、私たちの信仰の真のすがたなのであり、私たちにできるのは、座してひたすらにその保証を待つことだけである。

信仰とことばのかかわりにおけるもうひとつの重大な背理は、私たちが信仰を「私の」信仰というかたちで、つまりは確かな所有として呼べないのに対し、ことばはあくまでも「私の」ことばであって、不特定多数への伝達の具としての言語一般ではない、ということである。私には、(私の)信仰を、「私の」ことばで告白することしか許されていない。

さらにこの「私のことば」という位相の不安は、私のことばを、水で割るように言語一般で割ることによる——私たちはそのようにして、集団のなかでことばを語る——ことばの急速な希釈化、加速的な拡散への危険をつねにはらんでいるということである。ことばが不特定多数のなかで語られる以上、それはことばののがれられない宿命である。いわばことばがその本来の位相で語られるとき、それはつねに失語の一歩手前にある。

だが、(私の)信仰を「私の信仰」という表現で語れないのは、信仰は本来他者(神)から与えられるものだからだという、どこの教会でもくり返される通説をもう一度くり返すつもりはない。私は私の信仰が成立するただ一つの場であり、それが成立するのは私自身を通してでしかないからである。

信仰はあるいは帯のように、断続しつつ持続する道程であり、その一端は厚い霧のなかに没し去ったままである。見えざるその一端に、予告され、あらかじめ結論づけられたすがたで、神が立っているという保証はなにもない。

信仰とは孤独な賭けであり、およそ保証のない邂逅へ賭ける勇気をささえるものは、ただ単独者のことばである。

ことばは絶えず失われる運命にある。おなじく信仰も、絶えまなく私たちから失われる運命にある。およそ根源的な立場には、どのような保証もありえない。

（「読売新聞」一九七五年五月、『断念の海から』）

聖書とことば

私が聖書に出会ったのは、太平洋戦争が始まる三年前の夏のことで、私にとっては大変孤独な出来事であった。そして、聖書に出会うということが結局は孤独な出来事であるという点では、今も昔も事情は変らない。そして私が聖書にしゃにむに近づき、またこれから急速に遠ざかるという振幅のはげしい過程そのものが、私にとってまったくの孤独な出来事であった。

私は当初、大阪の日本基督教会派の教会に所属し、のち東京へ転籍したが、教義の日本的解釈というような姿勢で論じられる当時の講壇にはほとんど関心がなかった。聖書は私にとって、なによりも自由な、生命の「ことば」によって語られる、単純で素朴な証言であった。そして証言が素朴であることは、しばしばそれが「拒絶的」であるということであり、私たちはそうした壁にたえずはねかえされながら、生き生きと自由にことばにかかわって行けるのだと考えた。したがってそれは、同時に、自分自身のことばが聖書に問われることでもある。それは結局そのようなかたちで、自分自身のことばに「独自に」かかわって行くことでもある。私が聖書との出会いで、聖書をまずことばの問題として考えたことは、のちに私が詩を、私にとってほとんど唯一の表現手段と考えるようになった事と関連がある。

聖書のことばへのそのようなかかわり方は統一された共同の註解の場では行なわれず、単独な場での孤独な行為とならざるを得ない。事実私は、多く教会の外で聖書のことばに出会って来たように思う。そうした事情は、今でもほとんどおなじである。たまたま私が手にすることのできた、当時唯一のカール・バルトの著書『ロマ書』は、おなじような意味で、聖書に次ぐ、ことばによるラジカルな衝撃であった。

第一次大戦直後の精神的荒廃と危機感を背景として生れたこの「自由な」註解を読んで私が一驚したのは、なによりもそこではことばが生き生きとめざめていたということである。危機の神学と呼ばれるに、まさにふさわしい書であった。

私が手にすることのできたのは、当時唯一の丸川仁夫氏の訳になるものであったが、訳文の手ざわりのあらさは、初期のバルトの著作にはむしろふさわしくさえ思えた。

言語体験としての聖書との邂逅は、同時に日本語との邂逅でもある。私は現在でも口語訳の聖書をほとんど読まない。私にとって、聖書との邂逅を決定的なものにしたのは文語訳の格調の高さであって、その印象は今も私に持続している。

私は戦後八年の抑留生活を経て、昭和二十八年に帰国したが、帰国は私にはそのまま
まに日本語との再会であった。そしてそれは、当時ようやく乱れのきざしをみせはじめた日本語ではなく、記憶のなかへ凍結され、「純粋培養」された古い日本語との再会であった。そして、それはそのままに文語訳の聖書の格調の高さとの再会でもあった。

帰国後しばしば私は、シベリアで信仰が救いになったかとたずねられた。実は、信仰というものがそのような、危機に即応するようなかたちで人間を救うものではないことを痛切に教えられた場所こそシベリアであったと、すくなくとも私にかぎっていえそうな気がする。

私はいわば戦場での心の平安を求めて教会に行ったが、教会がそのような場所でなかったことに、その後気づいた。教会は私にとっては、人間を平安にするところではなく、むしろ不安にする場所であったからである。そしてそのような認識が、極限の場にあって、不用意に信仰にもたれさせなかったのかもしれない。もちろんこれは私のばあいについていえることで、これとまったくことなる姿勢があることを否定するつもりはない。

私は強制収容所で、多くのカトリックやギリシア正教の聖職者に会ったが聖職者といえども危機に対しては、他の囚人とおなじ態度でのぞまざるをえないさまをしばしば目撃した。人間には、救済「されてしまった」という安堵は永遠になく、つねに新しく不安と危機に対処しなければならないことを、私は痛感した。

聖書とともに私が再会したことばは、その格調の高さによって、みだりに平安をねがうことをきびしくいましめることばでもあった。

私たちをつねに生き生きと不安にめざめさせることば。それが、私にとっての聖書のことばであった。

（「本のひろば」一九七五年五月、『断念の海から』）

詩と信仰と断念と

信仰と詩について考える、というのが今日の私に与えられた課題ですが、私はどんなテーマを与えられてもおなじような話しかできないし、結局は今日も、私自身にとっては切実でありますが、皆さんにとっては迷惑であるにすぎない話題を押しつけることになるのではないかと思いますが、お許しいただきたいと思います。

ただ、私自身つね日ごろ考えたり、書いたりしていることが、多少とも私自身の生きる立場なり、根拠なりにふれているのであれば、それが私にとって切実なものであるかぎり、あるいはその延長線上で信仰の問題にもふれるのではないか。そういう予感を前提として、今日の話を始めたいと思います。

いずれにしましても私は詩、ポエトリーのほかに話題のない人間なので、そういう話題とのひっかかりから、今日の話を始めることにしたいと思います。

「詩と信仰と断念と」というのが今日のお話のために、私がえらんだ主題です。断念というような重苦しい主題をえらんだ理由なのですが、私たちのような、二十代で戦争にまきこまれた世代は、どこかで重大な断念をしているはずであり、その断念の重さが、戦後を生きる私たちの姿勢へそのままつながっていると考えるからであります。

ところでこの問題に立ちいる前に、すこし唐突になりますが、姓名――人間の名前ですね――というものについて私が考えていることからお話ししたいと思います。といいますのは、姓名あるいは断念について私が考えることは、いずれも私自身の戦争体験を発想のみなもととしているからであります。

大分前になりますが、「みじかくも美しく燃え」というスウェーデン映画が日本で上映されたことがあります。実は、私自身はこの映画を見ていないので、正確に説明できないのが残念ですが、ある詩人の説明によれば、この映画はつまり心中もので、追いつめられた若い男女が死に場所を求めて急ぐ場面で終るのですが、最後にたまたま路傍にいた一人の見知らぬ男に出会うわけです。

私にその映画の話をしてくれた詩人は、ここが、この映画のいちばん大事な場面だというのですが、心中をしようとしている男が、その見知らぬ男に近寄ってその名前をたずねたあとで、自分の名前をその男に告げて、そのまま立去るのだそうです。

私はこの話を聞いて、大へんふしぎな感動を受けたのですが、その時私が考えたことは、人間が誰にも知られない場所で死ななければならない時、さいごにその人にのこされる希求、どうしようもない願いとは何か、ということであります。おそらくそれは、彼がその死の瞬間まで存在したことを誰かに伝えたいという願いであり、彼がまぎれもない彼として死んだという事実を、誰でもいい、誰かに伝えたいという衝動ではないかと思います。

こういう追いつめられた場面では、もはやその願いを伝達する相手をえらぶ余裕はない。それがたまたま路傍で出会った見知らぬ男であっても、彼はすがりつくような思いで、その願いを託さざるをえないわけです。

しかも、それを確認させるための手段として、最後に彼に残されたものは彼の姓名だけだという事実ほど救いのない、絶望的なものはないだろうと思います。

にも拘らず、それが、彼がこの世へ伝達すべきただ一つの証しであると知ったとき、彼は祈るような想いで、おのれの姓名におのれの存在のすべてを託すだろうと思います。

いわばこの、生と死がさいごにすれちがう場で、姓名というものに託される絶望的な重さのなかに、伝達とその断念について考える手がかりのようなものがあるのではないかと私は思います。

ところで、何かについてお話ししようと思うとき、きまったように、シベリアでの私自身の抑留体験にさかのぼることになるのが、大へん気が重いのですが、私にはそれしか、ものを考えるための具体的な手がかりがないので、許していただきたいと思います。

実は私は、シベリア抑留中に、人間の姓名、名前について、ほぼこれに近い体験をいくつかしているわけです。

私は昭和二十四年の春、シベリアの南にあるカザフ共和国のカラガンダというところで、正式に起訴されて、裁判を受けたわけですが、判決があるまでの二か月ほどの間、軍法会議に附設された独房で暮したことがあります。

この独房が、私の囚人生活のいわば第一歩であったわけですが、そこでその時まで知らなかったさまざまな経験をしたわけです。そのひとつに、人間の姓名、名前に関する特殊な、そして奇妙で重大な感覚があります。といいますのは、いよいよ独房に入って一人きりになった時、最初に目についたのは、独房の壁のあちこちに書きちらかしてある文字であります。そばに行ってよく見ると、そのほとんどが人の名前です。日本人の名前もあれば、ドイツ人の名前らしいものもある。日本人の名前がいくつか壁に彫りつけられてあっても、その時の私にとって、それは名前以上のものではなにもない。その名前から私は、ほとんどなにも引出せないわけです。

当初はそう思って、大して気にもとめなかったわけです。人間が偶然親からつけられた名前というものが、それほど重たいものだということに気がついたのは、それから二か月後、判決を受けて、正式に囚人として監獄に移されてからのことであります。

監獄ではかなり広い雑居房に、ドイツ人やルーマニア人と一緒に超満員の状態でつめこまれたわけですが、そこの壁にも名前が書きちらかしてある。奇妙なことに、ほかのことは余り書いてないのに、名前だけがいくつも並んでいる。人間はこういう場合に、なぜ名前ばかり書きたがるのかと、反射的に疑問をもったのが、姓名について考えるようになった最初の手がかりであったわけです。

そこの監獄で六か月ほどすごしたあとで、正式に囚人輸送梯団、これはロシア語で「エタップ」と呼んでいますが、そのエタップが編成されて、東シベリアの密林地帯へ送られたわけです。このエタップによる輸送がどのように苛酷なものであるかは、ソルジェニーツィンの『収容所群島』に詳しい記述がありますが、ともかくもそのエタップで私が送りこまれたのは、バイカル湖の西側、シベリア本線のタイシェットから北に向って伸びている「バム」鉄道沿線の強制収容所であります。「バム」というのはバイカル・アムール幹線の略称で、最近新聞によく出てくる第二シベリア鉄道がこれに当ります。

今はもう、バム鉄道の建設工事は、全国から志願してやって来た若い青年男女の手で行なわれていて、その頃とは環境もふんいきもすっかり変っているだろうと思いますが、私たちがバム鉄道沿線に入った頃は、沿線には囚人しかいなかったわけです。

このバム鉄道の最初の部分を囚人と捕虜が建設したわけですが、ロシア人でもその事実を知っている人は、おそらく少ないだろうと思います。古くからこの地域にいた囚人から聞いた話では、鉄道の枕木一本について囚人一人が死んだといわれる所で、話半分に聞いても、私自身の経験にてらしてみても、相当ひどい所で、ソ連の強制収容所のなかでも、悪い環境に数えられる筆頭の地域であったわけです。

この沿線にほぼ一年いたわけですが、大体この地域の囚人労働は季節労働的な色あいが強くて、冬場はおもに森林伐採、夏場になると鉄道工事や土工などがこれに代ります。そのあいだでも、囚人のなかで要監視人物として特ににらまれた者は、さらに北へ送られて、ブラーツク、今ここには世界で二番目の水力発電所がありますが、その鉄橋工事などにまわされるわけです。

こうした季節労働や懲罰労働に追われながら、囚人はあるいは北へ、あるいは南へと、あいだをおいてしばしば移動するわけです。ふつう囚人が移動する場合、さっきお話ししたエタップのような貨車による大梯団以外は、囚人たちが「ストルイピンカ」と呼んでいる、鉄格子のはまったいわば留置場のような車輛で輸送されます。このストルイピンカでの囚人の扱いはきわめて粗暴で、さきにのべた『収容所群島』にも詳しい記述がありますが、ストルイピンカで三日以上輸送されると、囚人はてきめんに衰弱してしまう。このため、大体三日ほど輸送すると、一旦囚人をおろして、沿線の中継収容所、ロシア語では「ペレスールカ」と呼んでいますが、そのペレスールカへ収容するわけです。このペレスールカは一時的な収容施設ですから、収容人員が固定しておらず、絶えず流動しています。ですからここでは、囚人たちはほとんど顔見知りがない。

このペレスールカを経由して、バム鉄道を北へ行ったり南へ行ったりして、移動をくり返しているうちに、たとえば日本人などには、一種特別な方向感覚のようなものが出来てくる。つまり、北の方へ行けば、それだけ日本から遠ざかる。南へくだれば日本へ近づくといった奇妙な感覚が身についてくるわけです。

しばしば北へのぼる日本人と、南へくだる日本人とが、おなじペレスールカで落ちあうことがある。お互いに日本人であるというだけで、別に顔見知りでもなんでもない場合がほとんどですが、たとえば北へ行く日本人は、南へ行く日本人に自分の名前をおしえて別れるわけです。そういう場面になんどか出会ってみて、はじめて、人間の名前というものがもつ不思議な重さを実感したわけです。

つまり、言いたいことは山ほどあるにしても、そのようなあわただしい場面で、手みじかに、明確に相手に伝えなければならない、さいごの唯一つのものは、結局は姓名、名前でしかないわけです。その姓名の、自分にとっての重さというのは、結局はその人にしか分らないのですが、せめて名前だけは、南へくだって、さらに別の人へ伝えてほしいという願いの痛切さだけは、相手に伝わるわけです。そのようにして、言いつぎ語りつがれた姓名が、いつの日かは日本の岸辺へたどりつくことがあるかもしれない。その時には、自分はもうこの世にはいないかもしれないけれど、せめて自分の姓名がとどくことによって、その時までは自分が生きていたという確証はのこる。

それはほとんど願望を通りこして、すでに祈りのようなものではなかったかと私は思います。私自身、そのようにしてついに日本に帰らなかった何人かの日本人を知っております。

また、日本人にほとんど会わないときでも、申しあわせたように、中継収容所の壁には日本人の名前が彫りこんである。私には、それらの文字が、「からだはとどかなくても、名前だけはとどけてくれ」と言っているように思えたわけです。

こうした経験は、のちに日本へ帰って来て、詩を書き出す頃になって、伝達とその断念という問題を考えるようになる、ひとつの手がかりのようなものを私に与えてくれたように思います。

私は昭和二十八年の十二月に日本へ帰って来て、その翌年の夏ごろから詩を書き始めたわけです。その頃の私の気持は、伝達というものをほとんどあきらめているようなところがあって、ただ呼吸困難な状態を辛うじて救うための最小限の表現手段として詩をえらんだ、というより詩に出会ったような気がします。

その後私は、自分の抑留体験について幾つかのエッセーを書いて、その頃の記憶を辛うじて整理することになったわけですが、整理し始めるまでに、ほぼ十五年ほどの年月が経っております。表現という行為に対する、私自身の追いつめられた受けとめ方ということですが、これが私にとっては、詩の場合と、散文の場合とでかなりちがっていて、そのちがい方が、私にとって大へん重要な意味をもっているように、私には思えます。

今申しあげたように、私が散文の次元で私自身の記憶、つまり私自身を整理して、自分の体験をさかのぼるまでに、十五年に近い時間を必要としたということは、その十五年の間に、まず体験を受けとめるための主体を回復して、これを確立するという行為が、無意識のうちに行なわれていた、ということだろうと思います。つまり、私にとって散文とは、それを書くための主体が確立されない限り、始まりようのなかった表現形式であったわけです。

ところが、詩の方は、帰った翌年からすぐ書き出した。帰った翌年というのは、私にとって完全に混乱状態で、なんの整理もできていない。いわば一種の失語状態のなかで、自分自身を他へ伝達するための手段というものを全く持てなかった時期なのですが、そういう時期に詩が書けたということ、しかも私の作品のなかのかなり重要な部分がその時期に書かれたということは、私にとっては大へん大きな意味をもっております。つまり私にとっては、詩とは、「混乱を混乱のままで」受けとめることのできる、ほとんど唯一の表現形式であったわけです。

話をすこし戻しますと、こういった混乱状態のなかで詩を書き出したとき、私は詩によって一体なにを伝達しようと願っているのかということを、しばしば考えました。

つまり、その時期の私には、詩という表現形式へ追いつめられたものが、他者へ伝達されることに大きな不安があったわけです。つまりその時期の私にとって、詩を書くということは、先ほどお話しした、牢獄の壁に姓名、名前を書きのこすという行為とほとんどおなじであったと思います。たまたまそれを読んだ別の日本人がいたにしても、その名前が担った運命の重さというものは全く伝わらないかもしれない。というより伝わらないのが本当です。にも拘らず人は、さいごに辛うじて残せるものとして、その名前を書きのこす。あるいは人に伝える。これが、伝達ということの、いわば原点であると私は思います。

そしてこれを受け取る者は、名前の内容は分らないけれど、ひとつの重たい事実として、記憶に刻みこんでどこかへ行く。私にとって、詩を書くという行為は、その時期には、ほとんどそのような行為であったと思います。

私は、自分の書いたものの内容が、そのまま他者に伝達されるということには、まったく懐疑的であり、同時代的に伝達されることに対して悲観的であったわけです。また私自身にとっても、しばしば不可解なことがある。そういうものにとっての、伝達の可能性というものを、さいごの祈りとして考えるなら、それは、これまでお話しして来た、姓名、名前の伝達という行為にきわめて近いものであったということができます。

以上で、人の姓名というものに即して、断念という私自身にとっては重大な姿勢についての私の現在の考え方をお話ししましたが、なお二、三の事がらをつけ加えるなら、たとえば人がおのれの姓名を壁に書きのこすとき、彼は自己の肉体の存続を断念することによって、姓名そのものの明確さをえらぶわけです。そしてその瞬間から、彼と姓名との関係は転倒し、分裂するわけです。私たちはこんどの戦争で、人間と姓名が、断念を媒介にして、このように分裂する場面を無数に見て来たはずであります。戦場とは、人が進んで姓名を断念することによって、全く無名の存在となる場所ではないのか。もしそうであれば、断念するのはむしろ姓名の側からではないだろうか。

姓名の問題から、さいごに信仰の問題へたどりつくことになるわけですが、私には、信仰という姿勢にも、これを成り立たせるための重大な断念、根元的な断念があるように思えます。それは信仰の出発に先行し、信仰のすべての過程に随伴し、断念においてそのすべてを終る。私がこういう奇妙な断定に関心をもつのは、戦争中私が、死という厄介な問題につきまとわれながら生きて来た過程に、酷似しているからであります。

私は戦争の局面の全体を、「私自身の死」をもって終る過程として考えて来たように思います。そのような過程は、まず重大な断念によって始まり、断念そのものとして持続し、最後に死によって終るはずであったわけです。

私は出征直前に洗礼を受けましたが、その時の私の、受洗への身がまえは、ある重大な断念を前提としていたはずであり、それは、戦争による死への身がまえの前提となった断念とほとんど等価であったと、私は考えます。

断念とは、きわめて明確な行為であるとともに、行為そのものの放棄でもあるわけです。私が「断念そのもの」といったことばで考えるのは、いわばそのような放棄のすがたであります。そして人が断念において獲得するものもまた明確さであります。それは明確の自乗、明確の相乗であることにおいて、むしろ絶望に近い。この絶望にほとんど膚接している信仰の位相を、私たちは見おとしてはならないと思います。

断念の直後、世界がふいに静まりかえるような沈黙のなかで、すべての輪郭が静止する。人は断念において、初めてこの輪郭の絶望的な明確さに直面し、明晰な姿勢にたどりつく、と私は考えます。

このように考えると、断念とは、ある局面へ追いつめられた時に、人が強いられる決断に似た行為であるよりは、むしろ人間が生きて行くうえでの基本的な姿勢なのではないか。そしてここまで来れば、生きるということは、そのままに断念と同義であり、断念の深さはそのままに生きる深さであり、その深さに照応するようにして信仰の深さがある、という逆説へはあと一歩の近さであります。

さいごに、人が断念において獲得するもの、それを最終的に「自由」と呼んでいいのではないかと、私は考えます。人が断念において初めて明晰でありうるのは、おそらくそのためであり、断念において信仰が獲得する自由という位相へと、結びついて行くのではないかと私は考えます。

（「磁場」一九七六年一月、『断念の海から』）

絶望への自由とその断念——「伝道の書」の詩的詠嘆

かつて地に倒されたことのない者が、どうしてその膝を地に起すことがあろう。かつて挫折したことのないものが、どうして再起をこころみることがあろう。

私が「伝道の書」を私自身の自由において読むのは、戦争を生き残った世代の発想においてである。私たちは戦争を「自由に」生きのびたのではない。生きのびることを余儀なくされたのである。

旧約聖書「伝道の書」はまず、つぎのような絶望的な警告によって始まる。

伝道者言く　空の空、空の空なる哉　都て空なり　日の下に人の労して為すところの諸の動作はその身に何の益かあらん　世は去り世は来る　地は永久に存つなり　日は出で日は入り又その出でし処に喘ぎゆくなり　風は南に行き又転りて北に向ひ旋転りに旋りて行き　風復その旋転る処にかへる　河はみな海に流れ入る海は盈つること無し　河はその出できたれる処に復還りゆくなり　万の物は労苦す　人これを言ひ尽すこと能はず　目は見るに飽くことなく　耳は聞くに充つることなし　曩に有りし者はまた後にあるべし　曩に成りし事はまた後に成るべし　日の下には新しき者あらざるなり　見よ是は新しき者なりと指して言ふべき物あるや　其は我等の前にありし世々に　既に久しく在りたる者なり　已前のものの事はこれを記憶ることなし　以後のものの事もまた以後に出づる者　これを憶ゆることあらじ　（第一章二―十一節）

ある時、私たちは一切の事実が空しいということばを、唐突に私たち自身の内部に聞く。空しいとは、私たちが置かれた日常そのもののむなしさである。いずれにせよ、私たちが置かれるのは日常性そのもののただなかである。

私たちの空しさとは、空しさと呼ぶそのことの空しさである。何故に空しいか。私たち自身が日常性そのものだからである。さらに日常を脱出することの不可能を、私たちに教えるのは誰か。日常性そのものである。（私たちはここで無造作に造物主を名指すことを避けねばならないだろう。）

故に私たちにかろうじて残されるものがあるとすれば、それは脱出ということへの明確な「断念」である。断念・放棄を強(し)いるものを、今ただちに神と呼んではならないだろう。

私たちはすでに、多くの神に裏切られており、その裏切られ方への私たちの側からの対応の姿こそ、私たちの信仰の位相を決定すると思うからである。

なぜなら、神そのものが人にとって断念であり、断念においてこそ、旧約の神は、私たちに明確に存在するからである。

断念とは常に新しい行為ではない。断念において、はじめて私たちは確然と、地上とその日常にとどまる。「伝道の書」がかろうじて私たちに呼びかけうるものは、この断念としての神の明確さである。（この神の〈断念〉なくして）日常の空白に佇(たたず)み終ること、それは絶望そのものである。

天(あめ)が下の万(よろづ)の事には期(き)あり　万(よろづ)の事務(わざ)には時あり　生るるに時あり　死ぬるに時あり　植うるに時あり　植ゑたる者を抜くに時あり　殺すに時あり　医(いや)すに時あり　毀(こぼ)つに時あり　建つるに時あり　泣くに時あり　笑ふに時あり　悲しむに時

あり　躍るに時あり　石を擲つに時あり　石を歛むるに時あり　懐くに時あり
懐くことをせざるに時あり　得るに時あり　失ふに時あり　保つに時あり　棄つるに時あり　裂くに時あり　縫ふに時あり　黙すに時あり　語るに時あり　愛しむに時あり　悪むに時あり　戦ふに時あり　和ぐに時あり　（第三章一―八節）

「伝道の書」は旧約聖書のなかでも、最も「不可解」な文章の一つであるが、そのなかでこの章は最も美しいもの、最も詩的なものの一つである。そしてその最初にあげなければならないのは、詩としてのその美しさである。

われわれは軽々に救済を呼ぶべきではない。救済の以前に、すでに亡んだ者として、滅亡の確たる承認こそが、逆説としての救済をもたらすという事実をこそ、人は苦痛とともに思い起すべきではないのか。人は亡んでおり、また亡びつつあるからである。「私は信仰により救われた」ということばを、仮にも人は、公然と口にすべきではない。

信仰そのものが苛烈に人間を処罰し、処刑するさまを、永い歴史を通じて、人は見て来たはずである。にもかかわらず、それらすべての留保をこえて、神の所在に向わざるをえないとすれば、「信仰こそ断念そのものである」という重大な危機に、私たちは真正面から立ち向わざるをえない。

「伝道の書」一巻は私にとり、まさにそのような絶望の書であるほかないだろう。しかもなお私に辛うじて問えることは、旧約の神ヤーヴェ(エホバ)と、キリストとの位相のちがいであるが、これについては、多くのスコラスティック(学者流)な論議にまかせればいいであろう。ただヤーヴェはイエスの降臨を前にしての「見えざる」神であったが、イエスは自由に人びとに問い、答え、再臨を予告しつつ磔刑を終った。

待降と再臨とによってはさまれた時間は、神学者バルトのいう中間時(Mittelzeit)であって、この期間に人間はいわば「無制限」に自由に放置される。自由という空間の果てしなさに目がくらんだ人間は、法律を制定し、条約を締結し、無数の法規を定めた。いくどとなくそれは改正され、改変され、国境はしばしば変更された。「一人の自由」において、人はいかなる犯罪を犯すこともできる。ただ人はその自由に耐え、な、い、だけである。自由とはまさに神による放置であり、重圧である。

神が文字どおり人間を放置したというところから、問いは始まらなくてはならない。カミュの「異邦人」はこれに対する切実な答えである。無限の問いに対する答えは、無限に「自由」である。自由はあまりにもアンチテーゼ(反)として考えられすぎた。

自由がテーゼ(正)としてとりあげられることのおそろしさを知るときは、まだ私たちには、こののちにもないであろう。

「行々(ぎょうぎょう)として円寂に入る」とは、般若心経の末尾の一行に対する、僧空海の飛躍的な邦訳であるが、「伝道の書」のほとんど絶望的な初行の展開に対する空海の、これまた絶望的な応答であると私は考える。

この双つの絶望のあいだに、人のもろもろの生の営みと、信仰の迷路がさしはさまれる。

信仰とは、決して希望に充ちあふれた、一途(いちず)な、生の展開ではないということを、私は知る。

(「婦人之友」一九七七年一二月、『一期一会の海』)

十字路

高等数学のセミナーでは初等数学にかんする知識はすでに確立された既知の事柄として討議を進めて行くという一つの約束が行なわれます。けれども、私たちが直面する問題は、それが問題であるかぎり、安全に処理できるというものは一つもないはずですし、又、ある段階までのことはこれを既知の事柄として「その段階から」問題を考えて行くということもありえないことです。又、「解決は結局そこへおちつくのだ」といったように、到達点を予想することも許されないはずです。問題というものはいつも「初めて」出されたはずのものであり、すべてのキリスト者は全く同じ困惑をもって、考えられる最も初めの地点から考えて行かなければならないのではないでしょうか。一切の問題は或る一点に集中するという真実を、出来上った一つの筋道と考えるなら、問題を考え始めるその第一歩で、考えることを放棄した事にならないでしょうか。又信仰を語る私達の言葉は破れた言葉であり、その都度新しく口ぐもり、探し出して行かなければならない言葉なのではないでしょうか。磨きあげられ、完成された言葉で信仰が語られる時、私はきまってある気恥しさと困惑を感じます。

（「信濃町教会報」一九五九年九月、『全集』Ⅲ）

終末をまちのぞむ姿勢

「時の間の教会」ということが、私たちの地上の交りのさしせまった姿であるといわれる時、私たちの方からは、終末に対して終末的な姿勢をもって呼応すること、すなわち言葉の最も正しい意味で真剣であることが、真先に要求されるであろうという不安を憶えます。なぜなら、私自身は終末に対して、毫も真剣であることができないからです。ただ私は、自分が真剣になれないという事実に対しては、おそらく真剣になることができるのではないかと思うのです。私自身の真剣さは、おそらくそこが行きづまりであり、そこではもはや私自身の罪を告白することしか、残されていないのではないかと思います。

さらにまた、終末をまちのぞむ姿勢とは、ととのえられた身構えといったものであるはずはないと思います。それは当然、人間の破綻をふまえたものとなるはずです。それが、呻く者の姿勢ということでしょう。にもかかわらず、人間としての破綻を告白することがある種の美徳「このましい」キリスト教的なしつけにまで高められてしまいそうな不安をしょっちゅう感じます。

（「信濃町教会報」一九六一年九月、『全集』Ⅲ）

虜囚の日

一九四九年秋、僕は正式に囚人としてザバイカルの森林地帯へ送られた。その頃の僕には、「忘れ去られた」という感じは、すでに遠いものになっていた。「忘れ去られた」あるいは「忘れ去られようとしている」という感じが切実であった頃は、やがて僕を忘れ去るであろう人びとのイメージもはっきりしていた。それは目のくらむような遠くであるにしても、僕を忘れ去ろうとしている人びとは、現実に存在していたのである。だがそれらの実感が不意に遠のいて行った時、その人びとのイメージもまた消え去った。そのような人びとは、はじめからこの地上のどこにもいなかったと考えた時のおそろしさを、今でも忘れることはできない。やがて、そのような環境にあってさえ、救いがたい「日常性」が僕らの生活全体を支配しはじめた。僕らは何事もなかったように生きていた。重大なことは、すでに「起ってしまって」いた。何事ももはや起りえない。にもかかわらず、何かがさらに起るにちがいないという不安に、僕らはしょっちゅう脅やかされた。さらに何かが起る。だがそれは、おそらく明日ではない。三日後にも、十年後にもそれは起らないだろう（僕は二十五年の刑を受けていた）。一切が永遠にひきのばされた今日のなかでの出来事であるにすぎないにもかかわらず、明日というものが厳存し、しかもそれがどうしても僕に関わりのある明日であるにちがいないという意識に、僕は悩まされつづけた。そのような場所でなお「救い」が起りうるということが僕にはおそろしかった。そのような異常な環境をすら支配している日常性のなかで、救いはおそらく唐突にやって来るだろう。僕には救いそのものよりも、その唐突さがおそろしかった。最悪の状況のなかで、なお救いを逃れようとするものがあるというとき、それは、おそらくこのようなことに関係しているかも知れない。

これが、シベリヤにおける僕自身の人間的実存を通して、今も僕に継続している精神的状況であり、ここでは僕自身がどのように数限りなく問を発しても、最終的には僕自身が問われている関係のほか、もはやどのような関係も成立しない。

このような状況のなかで、主が近づき給うということが、僕におけるクリスマスの意味であり、シベリヤの八年の歳月を越え、今なお待降の季節の中にあることを僕は告白しなければならない。

（「信濃町教会報」一九六一年一二月、『全集』Ⅲ）

Ⅳ　ユーモア

私の酒

私の酒ののみ方はどうやらふつうではないようだ、とこの頃になってようやく気がついた。だいいち私は、そとではほとんどのまない。ひととのむことも、あまりない。のむ時間は夜の八時前後。女房は酒をのまないので、およそ孤独な酒のみである。

いまはもっぱらウィスキーだが、ひと月まえまでは日本酒を冷やでのんでいた。私はほんとうは酒の味がわからない。だから特級酒と二級酒の区別がつかない。したがって、二級酒ですますことになる。台所にはいつも二、三本の一升瓶の買い置きがあるが、実はこれが悩みのたねである。私はのむときりがなくなるたちで、泥酔のおそれがあるが、さりとて毎日適量だけ購入するわけにもいかないので、これを区切ってのむことを思いついた。

帰宅して風呂からあがると、ふつうのコップに二杯、時間をかけてゆっくりのむ。私は酒をのむときは、ほとんどなにもたべない。夕食は四時ごろ勤め先の近くで適当にすませて帰る。酒の肴はもっぱらたばこである。コップ酒二杯で一回目の「定量」

が終る。そこで一旦あきらめて、床にはいる。私は極端に早寝で、九時近くには床にはいってしまう。だが、すぐねむるわけにはいかない。十分もすると起きあがって台所に行き、二回目の定量に手をつける。第二回分は、養命酒の空瓶に小出しにしてあるが、ほぼコップに二杯分ある。ウィスキーグラスでほぼ六杯で、瓶の首が胴につながるすぐ下のところに緑色のビニールテープがぐるっとはりつけてあるが、これがいわば吃水線で瓶の口から苦心してやっとここまで引き下げたものである。

これをまずウィスキーグラスで三杯だけ引っかけて、ひとまず床にもどる。が十分もするとまたもや起きあがって瓶の栓をぬく。これで二回目の定量は終る。

これでいくぶんほろっとしてうとうとしかけたところで、またもや起きあがって、三回目の定量を引っかける。これは特定の容器に移してあるわけではなく、直接一升瓶でウィスキーグラスに三杯はかる。一升瓶にたっぷり酒があるときなぞ、三杯がうっかり四杯になる危険がつねにある。従来の経験だと四杯目に口をつけると、もう四杯ではすまない。ええくそと、六杯にも八杯にもなってしまう。

私の体調はこの三回目の三杯のところでおさえられているかたちなので、これをこすと翌日はてきめんに体調がくずれる。首尾よく三杯目で栓をして、なかばあきらめに似た思いで、とはいえいく分はほっとして床にもどると、とたんに全量分の酔いを発して、そのまま眠りこんでしまう。

なんでこんなややこしい手続を経て酒をのまなければならないかというかもしれないが、禁酒ができない以上、節酒しかないと覚悟して、失敗に失敗をかさねたあげく、自然にできあがった「三段飲み」なのである。

いわばこの、酒飲みのいじきたなさを、小刻みになだめて行くやり方で、この数年大禍なきをえたこの方法も、結果はさいごのきめ手とならず、やむをえず、ウィスキーに切りかえた。つまり予備の酒が家にあるかぎり、定量をこす危険はさけられないことを思い知ったからである。

そこで帰宅のさい、ウィスキーのポケット瓶を一本買って帰ることにきめ、家には一切酒を置かないことにした。

しかしポケット瓶一本ではいかにもたよりない。だが、二本は多すぎる。二本目を半分だけのむことにしてみたが、残りが気になって結局二本目も空けてしまうというぐあいで、いろいろ考えたあげく、二本目を半分のんで残りを捨ててしまうことにした。ずい分ばかなのみ方だと思うが、いまのところこれ以外の方法は思いつけないので、ずっと「捨て飲み」がつづいている。

（「現代の眼」一九七三年五月、『海を流れる河』）

日記1（一九七二年）

三月二十八日

待望の晴天。昼食もそこそこに事務所をとび出す。手にさげた袋の内容は、小型カセットコーダー、小型ラジオ、双眼鏡、ノート、原稿用紙、夏みかん一個、大熊信行『国家悪』。人が見たらどこへ行くかと思うだろう。ただの散歩である。

カセットコーダーを持ちあるくことを思いついたのは、ごく最近である。あるきながらいきなり詩ができることがよくあるので、いちいちメモをとる煩を避けて、あるきながら録音するという趣旨だが、そのわりにはあまり役にたっていない。ラジオはＩＣの超小型だが、たいくつしのぎにはなる。双眼鏡は十倍のポケット型だが、一体なんのためにこんなものをもちあるくのか、自分でもよくわからない。外出するときは、およそ役に立ちそうなものはなんでもぶらさげて行くという長年の習性によるものだろう。

原稿用紙とノートは、なるべく屋外でものを書くという基本方針によるものである。夏みかんは健康食。一日に一個は食べることにしている。「国家悪」は私の重要な課題のひとつである。私がものを考えるのは、ほとんど屋外であるから、最小限一時間半の散歩は、私にとって必要不可欠な〈労働〉である。それだけの時間のあいだに、あるき、考え、書き、食い、かつ精力的に休息しなければならない。

私がもっとも好んで徘徊する場所は、新宿御苑と国会前庭であって、いずれも、安心して芝生にねそべっていられる、東京では数すくない場所のひとつである。国会前庭には、尾崎記念館に向いあって、私にとってはすでにひとつの象徴と化した水準原点標がある。原点という文字がここほどぴったりする場所はない。しかも標識の文字が北を向いていると聞いたときの感動は、あとで、「少々話が出来すぎてはいないか」と思わず警戒したほどだった。

三月二十九日

ひるすぎ、うっかり奥多摩へ行く気になったまま、電車にのってしまった。よくあることだ。片足だけホームへ置きのこしたようなかたちで、のりかえ二回、新橋からほぼ二時間、青梅線奥多摩駅へ冗談のように着く。なんの変哲もない町に、不似合いな橋が三つある。一本の川を三つの橋でくねくね渡って出来たような細長い町だ。屋並みがただ一列というのが、ひどくよろこばせる。二つめの橋をわたりかけたところで、唐突につまらなくなった。そのまま引返して、反対方向の電車にのる。

立川駅のホームの吹きさらしで、けっしてうまくない駅弁をたべ、水をのみ、また電車にのる。なんでこんなつまらないのか、自分でもわからない。去年も、せっかく北鎌倉まで行きながら、電車をおりたとたんにあてどがなくなってしまい、駅をひとまわりしただけで帰って来たことがある。

三月三十一日

上野の博物館へ行く。精神療法のため雪舟を見るのが目的だったが、雪舟は見あたらず、抜き身の正宗の前で、一時間ほど立ったりすわったりする結果になった。それにしても、日本刀の刀身が、あんなにあたたかな色をしているとは思わなかった。博物館を出て不忍池をまわり、東大構内をぬけて、本郷三丁目へ出る。愛着してやまなかった、本郷肴町の町名もいまはない。

四月二日

ひるすぎ起床。たまには戸外で自転車でものりまわしてみようかなどと考える。ベランダには、去年運動用に買って、二度のっただけの自転車が埃をかぶっている。だが結局は、やる気のもんだいだ。ふち飾りのついた丸いクッションに、大きくライオンの目鼻を描いて、昼寝の枕にする。やや豪快な気分である。

四月五日

考えることがあるのか、ないのか、それを考えているだけで終ってしまいそうな一日だった。夕方、お堀りばたをぼんやり歩数をかぞえながらあるいていたら、数歩にしていきなり詩が一行起ちあがった。つづいてえり首をひきずられるようにして、二行目がはい出して来た。イタコの口寄せみたいな一行だと、思わず苦笑する。

四月七日

この頃、よく人がぶつかってくる。今日もがらんとした地下鉄のホームに立っていたら、むこうからまっすぐあるいて来た男が、よけようともせず、いきおいよく私にぶつかった。ちゃんとこっちの姿を見ていながら、ブレーキがきかないのだ。だんだんこういう人間がふえてくる。

いつか新橋で、わき見をしてあるいて来た犬にぶつかられたときには、さすがにたまげてしまった。新橋かいわいの犬は、近ごろは歩行者と一緒に横断歩道を渡るという話だが、あんなうかつな犬がいるとは思わなかった。犬もだらくした。

四月十日

横井庄一さんについて、なにか書けという。とんでもない。その場で断った。それにしても、どうしてこう手軽に短絡してしまうのだろう。横井さんにしても、なるべくはやく忘れ、忘れられる方がどんなにいいかしれないのに。

四月十一日

なん年ぶりかで人形町かいわいをあるきまわっているうちに、かつてこの典型的な下町に、一向しるこやらしいものが見あたらないのに気がついた。とたんにしるこやが恋しくなり、意地ずくでようやく一軒さがしあてる。

四月十三日

いまさらいわでものことにせよ、毎朝の通勤ラッシュは、不気味としかいいようがない、まさに異様な光景である。不吉な予感さえする。きょうも、超満員の地下鉄で、押しつぶされんばかりの恰好で、スポーツ新聞に必死にしがみついている男を見ていたら、急になにもかにもいやになってしまった。

四月十七日

日課の散歩も最近では、やや放浪性を帯びて来て、靴のへり方がひどくなったので、運動靴を買う。オーソドックスな昼食のあと、新橋から銀座、日本橋を経て永代橋までわき目もふらずにあるく。永代橋を渡りおえたところで、そのまま引き返す。昭和通りを経て新橋へ。所要時間約二時間。途中休憩なし。新橋へ着いたとたんに、がっかりしてしまった。

四月十八日

ひるすぎ散歩に出かける。きのうにこりて、今日は神妙に地下鉄で新宿御苑へ。ここでは、庭園の中央部を占める芝生を占領しているのは、もっぱら子供中心のマイホーム集団で、その周辺の環状の並木道をおよそ飽くことなくさまよいあるくのは、もっぱらはたち前後の二人組というパターンになる。

マイホームの縄ばりへ割りこみ、芝生に寝ころんで一時間ぽかんとする。このすさまじい父親像崩壊の時代に、子供のないのがせめてもの救いかも知れぬなどと考える。

四月十九日

どういうわけか、家のなかの目ざまし時計が、いつのまにか三つにふえてしまった。仕方がないので職場へ一つもって行く。隣の同僚が、またおかしなことをはじめた、というような顔をする。

（「日本読書新聞」一九七二年四月、『海を流れる河』）

日　記　2（一九七四年）

一月十八日

もう半年ほど、ぐらぐらしながらなんとかもって来た左の奥歯が、ついに脱けおちる。なんども傾いたり浮きあがったりするたびに、指先で押しこんで、まだ結構役に立つなどと高をくくっていたのも、もう通じなくなったわけだ。

去年の年末、あまりぐらぐらするのに腹を立てて、「あしたにでも抜くか」とひとりごとをいったのが聞えたとみえ、一夜にしてしゃんと立ち直ったのにはおどろいたが、それもつかのまで、朝歯ブラシですこし邪慳に押したら、ぐらっと傾いてしまった。あわてて押しもどすと、あっけなく脱けてしまった。出血が少々。なんということはない。

そのあとで、鏡を見ておどろいた。脱けおちた陥没の横っ腹から、みなれぬ白い歯が横向きに頭を出している。去年歯医者で、「奥歯の横に親知らずがあるから、早く抜いた方がいいですよ」といわれていたのを思い出したが、もう手おくれとなった。脱けた歯をよく見たら、横の方がすこしくぼんでいた。結局親知らずに押し倒されたわけだ。親知らずの方も脱けるかと思って引っぱってみたが、この方は呆れるほどしっかりしていた。女房が珍らしがって、さかんに口のなかをのぞきたがる。

一月二十一日

朝、満員電車のなかで、ふといやなことを思い出した。帰国して三日か四日目のことだ。東京駅で始発電車に乗ろうとしたら、あっというまにうしろから突きとばされた。呆然と立ったままの私の横をすばやくかけぬけた乗客たちが、からだをぶつけあうようにしてすわってしまった。そのときのショックはいまでも忘れない。私はもういい、い、い、い、い、い、い、い、い、い、い、い、こんなことをしないですむところへ帰って来たはずだった。

私は胸がわるくなって、夢中で電車をとび出したが、顔色があおざめて行くのが、自分でもよくわかった。それからひと月ほど、電車がこわくて、ほとんどあるいてすませた。

その後、私は半年ほどラジオ東京のアルバイトに傭われた。仕事は英語のほん訳であった。そんな仕事しか私にはなかったのである。私のほかに、英文科の女子学生が五人ほど、おなじような仕事をしていた。私は英語の力を取りもどすため、夜学に通ったが、私のほん訳能力が向上するにつれて、女子学生の姿が一人ずつ消えて行くのに、うかつにも気づかなかった。結局さいごには、六人でやった仕事を私一人でさばくことになったが、あるとき、それまでほん訳を外注していたある老人も仕事をことわられたことを知って愕然とした。

私は考えたすえ、アルバイトをやめた。人を押しのけなければ生きて行けない世界から、まったく同じ世界へ帰って来たことに気づいたとき、私の価値観が一挙にささえをうしなったのである。

一月二十六日

二カ月ぶりで東京詩学の会に出席。ふるくからの出席者がだいぶすくなくなって、新しい顔ぶれが目立つ。ほぼ満員の盛況である。嵯峨、村岡両氏と三人で、出席者の作品を批評していくわけだが、詩歴のちがう人たちの作品を、おなじ尺度で一律に批評できないのが頭の痛いところで、三時間余りつきあったあとは、三人ともおおむねぐったりしてしまう。ときには、若い人にかみつかれたりする。今日は、帰りがおそくて、いつものようにお茶をのんで雑談する時間がなかった。

一月三十日

高見順賞の授賞式に行く。受賞詩集は吉原幸子さんの『オンディーヌ』と『昼顔』。『昼顔』の作品えらびで、彼女に大分しごかれた思い出があるので、他人ごととは思えない。今日はマキシ姿で、吉原幸子といえばGパンで頭をボサボサにしているイメージしかない私は、いささかとまどった。いつもはまっすぐ相手を見つめて話す彼女だが、今日はなんとなく神妙である。

帰って『昼顔』を読みかえしたが、やはりこの詩集は目に痛い。彼女の詩が、こういう感覚的な痛みを誘発するというのは発見である。

二月一日

銀座の画廊で開かれた「詩と思想」の新年パーティに行く。こういう集りでないとなかなか会えない人がいる。小林富子さんが来年還暦だと聞いて、「もうそんな……」といいかけたら、「あなたも還暦ですよ」といわれてびっくりする。

二月四日

句集の校正を終る。句集が出ることになろうとは思ってもみなかったので、いまさらのように読みかえしてみて、てれくさいことおびただしい。若気(?)のいたり、というところか。

二月五日

どうやらポケットウィスキー一本まで減量に成功。二本から一本にへらすのに一年かかった。試行錯誤のあげく、かろうじてたどりついた橋頭堡だ。毎日ポケット一本ずつ買うのは不経済だが、家の中に酒を置かないという方針は、目下のところ厳守されている。ウィスキーの銘柄がちがうと、度数もちがうことを最近になって発見したが、うかつなはなしだ。

（「詩と思想」一九七四年三月、『海を流れる河』）

偉大なユーモア

詩壇への僕の希望は、ない。きっぱりとない。ないということをはっきりさせるために、詩を書いているばあいの僕の覚悟のようなものを二つあげておきたい。

第一に、僕らは絶対に単独に存在しており、それ以外の仕方では存在のしようがないのだということ。僕らの実体はひとつの完璧な「関係」であり、この「関係」は、それが生ずるや否や、もとの関係へ関係して行くよりほかはないというのが、単独者であるということの意味である。このような関係において僕は詩を書く。というより、詩は僕にとって、このような関係の確認以外のなにものでもない。このような関係において、僕らは単独であり、無限に孤独である。この孤独はとおくヨブへさかのぼる。したがって、そのような場からは、一つの連帯としての詩壇は、僕にとっては存在しない。僕らのなかで連帯が始まるのは、僕らのおのおのが、神によって個別に拒否されているという承認が始まるときである。癩院が癩者を収容するように、詩壇は僕らを収容しなければならない。

第二に、単独者であるということの、そのような承認は、大きなユーモアをもってなされなければならないということ。このような真剣な関係は、偉大なユーモアをもってしなければ、到底承認しうるものではない。ユーモアをもってしなければ語りえない、真剣な領域へ足を踏み入れることと、詩人として以外もはや立ちえないということとは、かならずどこかでつながっているはずである。そういう深い意味でのユーモアを、詩壇に求める勇気は、僕にはない。

（「詩学」一九六一年三月、『一期一会の海』）

遺書は書かない

遺書か。いいだろう。いずれは誰かが書くのだ。俺だけは死ぬわけがないといえる筋合のものでもない。一列横隊にならべておいて、十番まではその場で銃殺、二十番までは炊事でじゃがいもの皮むき、二十一番以下はまっすぐとんで帰れ、というようなな日が、いつかかならずやって来るのだ。

もっとも、俺だけは死なないだろうと確信が持てた時代もあった。ただし、「あしたは死なない」というほどの意味だ。たぶんあしたではいかにもはやすぎて、話にならぬとでも思ったのだろう。そのあしたになれば、またおなじことを考えた。いまではばかばかしくて、とても考える気にはならないが、しかし目に見えぬどこかの隅で、いつも変りばえのしない確信をつぶやきつづけている、ひねこびた鬼みたいなやつがいるはずだ。

だが、「明日は死なない」といってみても、「明日はかならず死ぬ」といってみても、つまりはまったくおなじことなのだと気づきはじめたのは、やっと近頃のことだ。なぜなら、はっきりとわかっていることなら、もう「明日」でもなんでもないからだ。それはもう、まちがいなく今日の話であって、明日の不確かさへの戦慄も、ユーモアもなんにも持ちえない、間のぬけた時間の延長線の上でものをいっているにすぎない。「あす革命が起る」といっても、「あす革命は起らない」といっても、まったくおなじである。彼らはただ今日の話をしているだけであって、希望にさからって深淵に身を投げだすような、絶体絶命の「明日」は、このような会話からは見事に脱落しているのだ。死から革命へと主語をすりかえる狡猾さは、ここでは許されてもいいだろう。問題は、今日を明日にすりかえて、覚悟のようなものさえ持ちはじめようとするその愚鈍さにあるからだ。

話の順序で、どこへ「死」を持ちこんでもかまわないが、明日がひっかかって来るような論理には、死もまたかならずひっかかって来るといえるだろう。死がすでにわかり切った、自明のものを指すと考えられているあいだは、死は存在しない。明日が確かなものと考えられているかぎり、明日というものが一切存在しないように。死と明日との、この奇妙な関連を、もういちどさかのぼって、たぐりなおして見ようとは思わないか。

死すらも存在しえない不毛の地は、復活の認識をも徹底して欠く、というのが僕らの熱烈な告白である。もし、未来というものが真に新しいものを意味するなら、復活のない場所に未来があるはずはない。であってみれば、死が真に存在しない所で、未来を語るほど無意味なことはないはずだ。

スターリンという恥ずべきリアリストが、誰の許しもなしにまだ生きていた頃のことだ。一九三〇年以来、流刑地以外のロシヤを見たことがないという尊敬すべき老トロツキストが、ある日僕の隣でパンを食いながら、不意に居眠りをはじめた。ゆすぶって見たら、もう死んでいた。老齢と栄養失調とが、目くばせをし合うようにして、この誠実な男のなかに燃えつづけていた火を踏み消したのだ。ふざけるな、これはもう死でもなんでもないじゃないかと、僕はその時歯ぎしりをしながら考えた。人間にみずからの死をすら与える力のない政治というものの脆弱さが、その時以来、僕の心に灼きついてのこった。おそらくそのようなときに、日本人は、「これでは死んでも浮かばれぬ」と、うたうようにつぶやきながら、目のくらむような大量殺戮のあいだを縫って生きのびたのだろう。

ソノ時モ。イマモ。ミズカラノ死ヲ

モタヌヒトビトノ叫ビヤ不安ヲ

と山本太郎はうたっている。

ここまで書けば、もうわかってもらえるだろう。僕には、遺書を書く気なぞはじめからないのだ。宛名のない手紙を書くのが詩人というものなら、宛名のない遺書を書いても一向不思議でないといったいい方は、悪い趣味だ。死がどこか、僕らの時間の延長の上にあるものなら、あともう何年と指おりかぞえながら、遺書を書きはじめるのもいいだろう。だが真実は、死が僕らの時間の真上から垂直に落下して来るということなのだ。

僕らの生の全体が死に向ってゆっくり傾斜している、などと考えたら、僕らはもう衰弱して行くばかりだろう。そうではない。僕らは、僕らの生をけわしくのぼりつめて行く所で、理不尽に死に出会うのだ。僕らは兇器をにぎったままたおれる。

死は理不尽であり、ありうべからざるものだという認識がきっぱりと成立するところで、死ははじめてその重量と、その真剣さを回復するのだ。

死を真におそれ、死を真に憎悪し、死を真にのがれたいと思うものにとって、およそ遺書を書くというような行為が、いかにふまじめなものであるか、これでわかってもらえるだろう。

僕は遺書を書かない。金輪際遺書を書かない。

（「現代詩手帖」一九六一年一〇月、『全集』Ⅲ）

略 年 譜

一九一五(大正四)年

11月11日、静岡県伊豆土肥村(現・伊豆市)に生まれる。父は電気技師、母は二児を産んでから死去。継母に育てられる。

一九二八(昭和三)年　13歳

東京・目黒の攻玉社中学校に入学。

一九三三(昭和八)年　18歳

同校を卒業。一年間の浪人生活を送る。

一九三四(昭和九)年　19歳

東京外国語学校(現・東京外国語大学)ドイツ語部貿易科に入学。

一九三五(昭和一〇)年　20歳

河上肇の『第二貧乏物語』を契機に、マルクス主義の文献を渉猟。校内にエスペラントサークルを組織。

一九三六(昭和一一)年　21歳
二・二六事件。『文學界』二月号に掲載された北條民雄の「いのちの初夜」に衝撃を受ける。

一九三八(昭和一三)年　23歳
東京外国語学校卒業。大阪ガスに入社。ドストエフスキーの作品を読む。また、カール・バルトの邦訳書『バルト神学要綱・ロマ書』(丸川仁夫訳)を読み、キリスト教に関心を抱く。7月、バルトの直弟子エゴン・ヘッセルから受洗。

一九三九(昭和一四)年　24歳
神学校への進学を決意し、上京。信濃町教会に出席。召集。静岡市歩兵連隊に入隊し、歩兵砲中隊に所属。

一九四〇(昭和一五)年　25歳
大阪歩兵第三十七連隊内大阪露語教育隊へ分遣、鹿野武一に出会い、親交を深める。

一九四一(昭和一六)年　26歳
信濃町教会に転籍。ハルビンの関東軍情報部の特務機関に配属。

一九四二(昭和一七)年　27歳
関東軍特殊通信情報隊に徴用。

一九四五(昭和二〇)年　30歳

ソ連が日本に宣戦布告。日本敗戦。ソ連内務省の軍隊によって取調べを受け、留置。輸送貨車でハルビンを出発、ソ連領に入る。

一九四六(昭和二一)年　31歳

梯団再編成の後、チタを出発。イルクーツクなどを経て、アルマ・アタ(現・アルマトイ)に到着し、第三分所に収容。

一九四八(昭和二三)年　33歳

アルマ・アタを出発。ノボシビルスクなどを経て、カラガンダに到着。郊外にある日本軍捕虜収容所に収容。

一九四九(昭和二四)年　34歳

数回の取調べの後、カラガンダ市の第十三収容所へ送還され、中央アジア軍管区軍法会議カラガンダ臨時法廷に引き渡され、法廷付設の独房に収容。4月、ロシヤ共和国刑法五十八条(反ソ行為)六項(諜報)により起訴、重労働二十五年の判決。カラガンダ第二刑務所へ収容され、ストルイピンカ(拘禁車)で、ペトロパウロフスク、ノボシビルスクを経て、タイシェットのペレスールカ(中継収容所)に到着。東西両方面から到着した受刑者と共に大梯団を編成し、貨車でバイカル―アムール鉄道を北上、鉄道沿線の密林地帯の収容所コロンナ33に到着。森林伐採に従事。翌年まで、最悪の一年になる。

一九五〇(昭和二五)年　35歳

コロンナ30へ移動、流木、土工、鉄道工事、採石に従事。タイシェットに送還。梯団編成後、貨車でハバロフスクに到着、ハバロフスク市第六分所へ収容。衰弱がはなはだしく、労働を免除される。労働条件と給与は一般捕虜並みに回復。

一九五三(昭和二八)年　38歳

スターリン死去にともなう特赦となる。ナホトカから出国。舞鶴港に入港。12月1日、日本に帰還。

一九五四(昭和二九)年　39歳

文芸投稿誌『文章倶楽部』十月号に詩を投稿。詩「夜の招待」が特選で掲載される(選者＝鮎川信夫・谷川俊太郎)。同人詩誌『ロシナンテ』の発行を決定。

一九五五(昭和三〇)年　40歳

詩「サンチョ・パンサの帰郷」が文章倶楽部による第二回詩コンクールで入選四席。

一九五六(昭和三一)年　41歳

田中和江と結婚。

一九五八(昭和三三)年　43歳

社団法人・海外電力調査会に就職。俳句結社「雲」に参加。

一九五九(昭和三四)年　44歳

『ロシナンテ』は十九号をもって終刊。同人誌『鬼』に参加。

一九六一(昭和三六)年　46歳

自宅で「聖書を読む会」を開く。

一九六三(昭和三八)年　48歳

12月、第一詩集『サンチョ・パンサの帰郷』(思潮社)刊行。

一九六四(昭和三九)年　49歳

同詩集によって、第十四回H氏賞を受賞。

一九六七(昭和四二)年　52歳

8月、『石原吉郎詩集』(思潮社)刊行。

一九六九(昭和四四)年　54歳

8月、『現代詩文庫26　石原吉郎詩集』(思潮社)刊行。

一九七〇(昭和四五)年　55歳

12月、全詩全評論『日常への強制』(構造社)刊行。

一九七一(昭和四六)年　56歳

『月刊キリスト』の投稿詩の選評に当たる。

一九七二(昭和四七)年　57歳

2月、詩集『水準原点』(山梨シルクセンター出版部)、12月、エッセイ集『望郷と海』

（筑摩書房）刊行。

一九七三（昭和四八）年　58歳

『望郷と海』で第十一回藤村記念歴程賞を受賞。

一九七四（昭和四九）年　59歳

1月、詩集『禮節』（サンリオ出版）、2月、句集『石原吉郎句集』（深夜叢書社）、11月、エッセイ集『海を流れる河』（花神社）刊行。

一九七五（昭和五〇）年　60歳

4月、詩集『北條』（花神社）刊行。日本現代詩人会の会長に就任。

一九七六（昭和五一）年　61歳

2月、エッセイ集『断念の海から』（日本基督教団出版局）、5月、『石原吉郎全詩集』（花神社）刊行。心身ともに不安定になり、夫人の健康状態も悪化。夫人入院。石原も入院。

一九七七（昭和五二）年　62歳

健康状態がすぐれず、通院。日本現代詩人会会長の任期が満了、退会。11月14日、急性心不全によって自宅で入浴中に死去。享年六十二。日本基督教団信濃町教会において告別式。12月、詩集『足利』（花神社）刊行。

一九七八(昭和五三)年

2月、詩集『満月をしも』(思潮社)、3月、歌集『北鎌倉』(花神社)、8月、エッセイ集『一期一会の海』(日本基督教団出版局)刊行。

一九七九(昭和五四)年

12月、『石原吉郎全集』(全三巻、花神社)刊行開始(八〇年7月完結)。

＊略年譜は、『全集Ⅲ』の「自編年譜」と「年譜」(小柳玲子・大西和男作成)に準拠した。

(柴崎　聰　編)

解説

はじめに

柴崎　聰

日常の中にひそかに紛れ込んでいる非日常を見出すのが詩人であるとするなら、石原吉郎は詩人になる前に、戦争やシベリヤの強制収容所という非日常のただ中に投げ込まれていた。しかしその非日常も、やがて石原にとっては有無を言わせず従わされた、ありきたりの「日常」になる。それを彼は、逆説的に「日常への強制」と言った。たとえ収容所の中で詩を作り、それをしっかりと記憶に納め、日本に帰還してからそれらの詩を紙上に移し始めたとしても、石原が散文に至りつくまでには、失語に続く沈黙の数年を経なければならなかった。

散文、とりわけエッセイを書くことを可能にしたのは、ナチスの強制収容所に囚われ、九死に一生を得て帰還し、『夜と霧――ドイツ強制収容所の体験記録』(霜山徳爾訳、みすず書房、一九六一年)を著したオーストリアの心理学者ヴィクトール・フランクル、そして今次大戦でフィリピンのレイテ島で悲惨な戦争体験をし、小説『野火』を執筆した作家の大岡昇平の二人の存在を置いては考えられない(エッセイ「失語と沈黙のあいだ」)。

石原にとって、「詩とは「混乱を混乱のままで」受けとめることのできる、ただひとつの表現形式であった」(エッセイ「『望郷と海』について」)。日本から時に行動を共にし、エッセイ「ペシミストの勇気について」で描かれた友人の鹿野武一(ぶいち)の存在によって、単に悲惨になるはずのシベリヤ体験がかろうじて救われていることは、明らかである。それと同時に、帰国してから読んだフランクルや大岡昇平の言葉と表現に促されて強制収容所体験を問い直し、おのれを整え保つことができたことも確かである。

石原がエッセイを書き進め、それらをまとめて発表したのは、全詩全評論『日常への強制』(構造社、一九七〇年)からであった。この著作には、前半に詩、後半に「評論」と銘打って十三篇のエッセイが収録されている。

石原の散文は、ノートやメモや日記も含めて約九十篇ほどあるが、今回そこから三十三篇を選り抜き、四つに区分けして読者に供しようと考えた。その区分けは、Ⅰ シベリヤ——フランクルに導かれて、Ⅱ 詩の発想、Ⅲ 聖書と信仰、Ⅳ ユーモアである。

出征前に読んだ、スイスの神学者カール・バルトの著書『バルト神学要綱・ロマ書』(新生堂、一九三三年)から「聖書に次ぐ、ことばによるラジカルな衝撃」を受けたと告白する石原の文体は、わけてもそれを翻訳した丸川仁夫の「訳文の手ざわりのあらさ」の影響を受けていることは確かである(エッセイ「聖書とことば」)。

I　シベリヤ——フランクルに導かれて

石原が出版社や新聞社からの原稿依頼によって散文を書くようになったとしても、それはあくまでもきっかけに過ぎない。石原にエッセイを書く推進力を整えたのは、『夜と霧』の作者ヴィクトール・フランクルその人であった。この区分けに入る八篇のエッセイは、すべて彼に慫慂されたものと言ってよい。フランクルの静謐な言葉と謙遜な佇まいが、無意識のうちに石原の背中を押して執筆へと踏み出させたのである。

フランクルに直接素手でふれたような、注目すべき文章を次に引用したい。

> これらの手記を書きはじめるための絶対の前提となったのは、「告発の姿勢」と「被害者意識」からの離脱である。私はフランクルの『夜と霧』から実に多くのことをまなんだが、とりわけ心を打たれたのは、告発の次元からはっきり切れ

ている著者の姿勢であった。このことに気がついたとき、私のながい混迷のなかから、かろうじて一歩を踏み出す思いをした。(エッセイ「『望郷と海』について」)

「これらの手記」とは、エッセイ集『望郷と海』(筑摩書房、一九七二年)に収録されたシベリヤ強制収容所体験に関する十篇ほどのエッセイのことで、『夜と霧』とは、霜山徳爾が翻訳した本のことである。訳者の文体の個性が、文中の見出しに至るまでかなり色濃く織り込まれた翻訳書である。もともとフランクルは、「一心理学者の強制収容所体験」として執筆したのであり、「事実の報告というよりもむしろ一つの体験描写に重きがおかれている」と述べている。

「夜と霧」という書名は、本訳書の「解説」によれば、一九四一年十二月六日に発せられたヒットラーの特別命令、いわゆる「夜と霧」命令に基づくものであった。それは、非ドイツ国民で占領軍に対する犯罪容疑者を夜間秘かに捕縛して強制収容所に送り、その安否や居所を家族親戚にもいっさい知らせないものであり、後にはさらに家族の集団責任という原則に拡大され、政治犯容疑者は家族ぐるみ一夜にして夜と霧に紛れて消えたという「強制収容所の全貌をより簡潔に象徴する」ために選ばれた翻訳書の命名である。

ナチスの強制収容所に収容されて生還したフランクルの「情」の部分はほとんど殺ぎ落とされ、心理学者としての「理」の部分が勝った抑制のきいた文章を、石原は霜山を通して学んだのである。混迷・混沌とは、言語化されていないということを意味する。言語化するということは、体験そのものを取りもどしていく過程であり、同時に内的秩序を回復していく過程でもある。

石原にとって『夜と霧』の証言は、身元に引き寄せて掬い上げるように共感できるものであった。常態化した栄養不足、劣悪な環境への人間の適応性、五列縦隊の行進、苛酷な日常からもう一つの日常へ引き戻される激しい落差、同僚を当局へ売り渡す保身のための裏切り、無感動・無感情の世界への堕落――こうして満を持して溢れ出た思念は、一九六〇年代後半から一九七〇年代にかけて、多くの実りあるエッセイとなって発表されたのである。

ドストエフスキーの『死の家の記録』、ソルジェニーツィンの『イワン・デニーソヴィチの一日』、フランクルの『夜と霧』に連なる、強制収容所「文学」の誕生であった。

Ⅱ　詩の発想

石原吉郎は、シベリヤの強制収容所に収容されているころから、脳裡で詩作し推敲するという至福の時を持ちながら、それらを記憶の底に秘蔵してきた。身心に記憶された詩文が紙そのものに移されることは、収容所の現状から難しかったのであろうか、独裁者スターリン死去に伴う特赦によって、一九五三年に日本に帰還してから、それらはノートに定住した。

四篇の詩が『石原吉郎全集Ⅰ』(花神社、一九七九年)の「Ⅱ　シベリア詩篇から」に残されている。詩「サンチョ・パンサの帰郷」になぞらえれば、ドン・キホーテの従者サンチョ・パンサと共にろばの背に揺られながら日本へ帰郷した詩篇たちである。

石原は帰国した翌年から、最初は所属する信濃町教会の会報に、その後は矢継ぎ早に一般の雑誌に詩を発表している。石原はエッセイ「詩の定義」(『海を流れる河』所収)で次のように言う。

詩は、「書くまい」とする衝動なのだと。このいいかたは唐突であるかもしれない。だが、この衝動が私を駆って、詩におもむかせたことは事実である。詩における言葉はいわば沈黙を語るためのことば、「沈黙するための」ことばであるといっていい。もっとも耐えがたいものを語ろうとする衝動が、このような不幸な機能を、ことばに課したと考えることができる。いわば失語の一歩手前でふみとどまろうとする意志が、詩の全体をささえるのである。

石原に限らず詩人は、詩の中に自分の真意を隠し抜こうとする性向と、何もかもあからさまにしたいという欲求とのせめぎ合いの間（あわい）にある。その証拠として、石原が自分の詩を引用してから、詩の解釈ではなく、詩の発想や動機も含めた周辺状況を極めて用心深く述懐している、抑制のきいた表現を用いたエッセイが挙げられる。

エッセイ「「耳鳴りのうた」について・1」では詩「耳鳴りのうた」、エッセイ「沈黙と失語」では詩「脱走」、エッセイ「望郷と海」では詩「陸軟風」、エッセイ「海を流れる河」では詩「河」、エッセイ「辞書をひるがえす風」では詩「名称」、エッセイ「自作自解」では詩「サヨウナラトイウタメニ」、エッセイ「断念と詩」では詩「花であること」「断念」「板」、エッセイ「「フェルナンデス」について」では詩「フェルナンデス」、エッセイ「「全盲」について」では詩「全盲」が引用されている。

ここでは詩の解釈は極力避けられている。詩人は、詩文と散文の魅力の間を振り子のように揺れながら往来する。説明を極力排した詩文の孤高性と物語ろうとする散文の説得性との往来である。

Ⅲ　聖書と信仰

この区分けの中のエッセイで、特に注目すべきものは、「半刻のあいだの静けさ——わたしの聖句」であろう。エピグラフとして、新約聖書のヨハネの黙示録八章一節が掲げられている。「第七の封印を解き給ひたれば、凡そ半時のあひだ天静(しづか)なりき」である。これは通称「文語訳」と言われる翻訳から引用されている。

この短いエッセイから、少なくとも二つのことが分かる。それらは石原吉郎の全作品の肝要に迫るための秘訣になる。

第一に、石原の評価では、口語訳(一九五四年改訳)の聖書には、「詩」がないということであり、文語訳聖書(一九一七年改訳)には、「格調の高さ」と「詩」があるということである。彼はほとんど文語訳しか読まないとも告白している。

第二に、この聖書箇所は、最初に全詩全評論『日常への強制』のエピグラフとして扉裏に掲げられ、のち『石原吉郎全詩集』(花神社、一九七六年)および『石原吉郎全集Ⅰ』のエピグラフとしても重用されてきたということである。

ヨハネの黙示録六章から八章にかけて、小羊(すなわち、イエス・キリスト)が六つの封印を解いていく場面が描かれる。白い馬、赤い馬、黒い馬、青白い馬が現れ、神の言葉と自分たちが立てた証しゆえに殺された人々の魂が見え、そして大地震が起こる——小羊の審判の幻である。そして第七の封印を解く時がやってきて、如上の聖句が記されるのである。

エピグラフに託す石原の深慮遠謀は、おのれの全作品を神の沈黙に委ねようとする覚悟の表れであるのかもしれない。

エッセイ「信仰とことば」には、次のように記される。「ことばは絶えず失われる運命にあり、「信仰も、絶えまなく私たちから失われる運命にある」。また、エッセイ「聖書とことば」では、聖書のことばは人間を平安にするものではなく、「私たちをつねに生き生きと不安にめざめさせることば」であったとする。ここでは単に消極的な見解が表明されているのではなく、常に根源への踏み込みを忘れない創作者・思索者の姿勢から発せられた積極的至言と見るべきである。

晩年になって頻繁に登場する言葉は、「断念」である。石原は、「信仰という姿勢にも、これを成り立たせるための重大な断念、根元的な断念があるように思えます」とエッセイ「詩と信仰と断念と」で述べている。その断念の思想は、死後出版されたエッセイ集『一期一会の海』に収録されたエッセイ「絶望への自由とその断念――「伝道の書」の詩的詠嘆」では、聖書の伝道の書(新共同訳では、コヘレトの言葉)を引用しながら、展開されている。ここでは、旧約聖書の伝道者と石原吉郎の絶望が重なる。石原は、この書物を「絶望の書」と名付けて、その本質を見事に射抜いている。

信仰を語る言葉は、「破れた言葉」であり、「その都度新しく口ぐもり、探し出して行かなければならない言葉」であるとも言う(エッセイ「十字路」)。それはキリスト教で言う、人間としての死、永遠の命、歴史の終焉的出来事である「終末」とも関連するのである。

Ⅳ　ユーモア

そもそも、「ユーモア」(英語ではヒューマー humour、フランス語ではユムール humour、ドイツ語ではフモール Humor)とは何か。『哲学事典』(平凡社、一九七一年)の「フモール」の項には、次のように定義されている。

笑いによって対象を否定しつつ対象を寛容をもって愛惜し、笑いによって優越感を誇示しつつしかも自己否定の謙虚さをしのばせる。

「ユーモア」は、単なる滑稽や諧謔ではなく、笑いによって対象を否定しつつ対象を寛容をもって愛惜する他者への愛が勝っている、と言う。

石原ほどユーモアに縁遠い詩人はいない、と思われがちであるが、彼の詩やエッセイにユーモアに関わる作品が何篇かある。作家・椎名麟三の小説『邂逅』との出会いによる影響もあると思われるが、椎名が終生の課題としたユーモアは、石原の詩にも受け継がれている。ユーモアの詩には、「居直りりんご」「ゆうやけぐるみのうた」「ごむの長ぐつ」「じゃがいものそうだん」などがある。その中から詩「居直りりんご」(詩集『斧の思想』所収)を紹介しよう。

ひとつだけあとへ
とりのこされ
りんごは　ちいさく

居直ってみた
りんごが一個で
居直っても
どうなるものかと
かんがえたが
それほどりんごは
気がよわくて
それほどこころ細かったから
やっぱり居直ることにして
あたりをぐるっと
見まわしてから
たたみのへりまで
ころげて行って
これでもかとちいさく
居直ってやった

りんごを擬人化し、ユーモアたっぷりに表現した詩である。りんごは「一個」であり、「気がよわくて」「こころ細かった」から、居直ることにするが、あたりの様子を確かめてから、畳の中央に居すぎる気がして、へりまでころげて行く。小心者の強がりの心情がよく表現され、悲しいまでに同情をそそられる。このりんごにも、詩の語り手は自分の思いの丈を託そうとしている。やがて「居直りりんご」こそ、詩の作り手であり、読み手の私たち一人一人をも指していることに気づかされる。

エッセイ「私の酒」「日記1」「日記2」「偉大なユーモア」「遺書は書かない」がユーモアの範疇にはいるであろう。「私の酒」は、一日の酒量が度を越さないように、工夫に工夫を重ねて、禁酒ではなく節酒に励む涙ぐましい努力が、私たちの微笑を誘う。あたかも、叱りつけそうな相手に向かって一所懸命言い訳をしている体(てい)である。「日記2」の二月五日の項にも、試行錯誤のあげくにかろうじてたどりついた橋頭堡(きょうとうほ)としての節酒について記される。

エッセイ「偉大なユーモア」では、「詩壇への僕の希望は、ない」と断言したのち、その理由として、詩人は単独者であり、孤独でなければならないことを、旧約聖書のヨブにまで遡って求めている。また、単独者であるということの承認は、偉大なユーモアによってなされなければならないとも言う。単独者の真剣な領域にユーモアを見ていたのである。真剣な領域とは、生死の領域である。その深刻な領域に図らずもユーモアが生まれることに、すでに石原は気付いている。

まとめ

石原のエッセイの特徴は、多用される漢字語の硬質性にある。漢字は、概念を包摂するのに最適な文字である。石原の場合、発語、失語、断念、時間、時刻、沈黙、日常、事実、疲労、衰弱、位置、告発など、枚挙にいとまがない。

エッセイの水源には、確かにシベリヤの強制収容所体験があるが、それ以前にキリスト教と聖書がある。詩はもちろんのこと、エッセイにもそれらに関連した言葉が頻出する。「断念」や「時刻」や「日常」などの用語には、明らかにカール・バルトの『ロマ書』の影響が顕著である。

人間は真空状態の無菌の世界に生きているわけではない。そこには空気があり、それゆえに風が起こり、息の往来がある。それに伴って、喜怒哀楽の感情も豊かに動く。感情のほてりは心から溢れるが、それを静める言葉による抑制の思いも湧く。石原吉郎は、その文章技法を大方の散文に巧まずして施したのである。

本書は、岩波現代文庫のために新たに編集されたものである。底本には、『石原吉郎全集』(全三巻、花神社、一九七九―八〇年)を用いた。

各作品の末尾に、初出と年次、収録単行本を記した。

底本の明らかな誤記・誤植は訂正した。また、本文中に今日からすると不適切な表現があるが、原文の歴史性を考慮してそのままとした。

石原吉郎セレクション

2016年8月17日　第1刷発行

著　者　石原吉郎（いしはらよしろう）

編　者　柴崎　聰（しばさき さとし）

発行者　岡本　厚

発行所　株式会社　岩波書店
〒101-8002 東京都千代田区一ツ橋2-5-5

案内 03-5210-4000　営業部 03-5210-4111
現代文庫編集部 03-5210-4136
http://www.iwanami.co.jp/

印刷・精興社　製本・中永製本

ISBN 978-4-00-602280-8　　Printed in Japan

岩波現代文庫の発足に際して

新しい世紀が目前に迫っている。しかし二〇世紀は、戦争、貧困、差別と抑圧、民族間の憎悪等に対して本質的な解決策を見いだすことができなかったばかりか、文明の名による自然破壊は人類の存続を脅かすまでに拡大した。一方、第二次大戦後より半世紀余の間、ひたすら追い求めてきた物質的豊かさが必ずしも真の幸福に直結せず、むしろ社会のありかたを歪め、人間精神の荒廃をもたらすという逆説を、われわれは人類史上はじめて痛切に体験した。

それゆえ先人たちが第二次世界大戦後の諸問題といかに取り組み、思考し、解決を模索したかの軌跡を読みとくことは、今日の緊急の課題であるにとどまらず、将来にわたって必須の知的営為となるはずである。幸いわれわれの前には、この時代の様ざまな葛藤から生まれた、人文、社会、自然諸科学をはじめ、文学作品、ヒューマン・ドキュメントにいたる広範な分野のすぐれた成果の蓄積が存在する。

岩波現代文庫は、これらの学問的、文芸的な達成を、日本人の思索に切実な影響を与えた諸外国の著作とともに、厳選して収録し、次代に手渡していこうという目的をもって発刊される。いまや、次々に生起する大小の悲喜劇に対してわれわれは傍観者であることは許されない。一人ひとりが生活と思想を再構築すべき時である。

岩波現代文庫は、戦後日本人の知的自叙伝ともいうべき書物群であり、現状に甘んずることなく困難な事態に正対して、持続的に思考し、未来を拓こうとする同時代人の糧となるであろう。

（二〇〇〇年一月）

岩波現代文庫［文芸］

B260
ファンタジーと言葉
アーシュラ・K・ル＝グウィン
青木由紀子訳

〈ゲド戦記〉シリーズでファン層を大きく広げたル＝グウィンのエッセイ集。ウィットに富んだ文章でファンタジーを紡ぐ言葉について語る。

B261-262
現代語訳 平家物語（上・下）
尾崎士郎訳

平家一族の全盛から、滅亡に至るまでを描いた軍記物語の代表作。日本人に愛読されてきた国民的叙事詩を、文豪尾崎士郎の名訳で味わう。〈解説〉板坂耀子

B263-264
風にそよぐ葦（上・下）
石川達三

「君のような雑誌社は片っぱしからぶっ潰すぞ」――。新評論社社長・葦沢悠平とその家族の苦難を描き、戦中から戦後の言論の裏面史を暴いた社会小説の大作。〈解説〉井出孫六

B265
坂東三津五郎 歌舞伎の愉しみ
坂東三津五郎
長谷部浩編

世話物・時代物の観かた、踊りの魅力など、俳優の視点から歌舞伎鑑賞の「ツボ」を伝授。知的で洗練された語り口で芸の真髄を解明。

B266
坂東三津五郎 踊りの愉しみ
坂東三津五郎
長谷部浩編

踊りをもっと深く味わっていただきたい――そんな思いを込め、坂東三津五郎が踊りの全てをたっぷり語ります。格好の鑑賞の手引き。

2016. 8

岩波現代文庫［文芸］

B267
世代を超えて語り継ぎたい戦争文学
澤地久枝
佐高　信

『人間の條件』や『俘虜記』など、戦争と向き合い、その苦しみの中から生み出された作品たち。今こそ伝えたい「戦争文学案内」。

B268
だれでもない庭
——エンデが遺した物語集——
ミヒャエル・エンデ
ロマン・ホッケ編
田村都志夫訳

『モモ』から『はてしない物語』への橋渡しとなる表題作のほか、短編小説、詩、戯曲、手紙など魅力溢れる多彩な作品群を収録。自筆の挿絵多数。

B269
現代語訳 好色一代男
吉井　勇

愛欲の追求に生きた男、世之介の一代を描いた西鶴の代表作。国民に愛読されてきた近世文学の大古典を、文豪の現代語訳で味わう。〈解説〉持田叙子

B270
読む力・聴く力
河合隼雄
立花　隆
谷川俊太郎

「読むこと」「聴くこと」は、人間の生き方にどのように関わっているのか。臨床心理・ノンフィクション・詩それぞれの分野の第一人者が問い直す。

B271
時間
堀田善衞

人倫の崩壊した時間のなかで人は何ができるのか。南京事件を中国人知識人の視点から手記のかたちで語る、戦後文学の金字塔。〈解説〉辺見　庸

2016. 8

岩波現代文庫［文芸］

B272
芥川龍之介の世界
中村真一郎

芥川文学を論じた数多くの研究書の中で、中村真一郎の評論は、傑出した成果であり、最良の入門書である。〈解説〉石割 透

B273-274
法服の王国 小説裁判官(上・下)
黒木 亮

これまで金融機関や商社での勤務経験を生かしてベストセラー経済小説を発表してきた著者が新たに挑んだ社会派巨編・司法内幕小説。〈解説〉梶村太市

B275
惜櫟荘(せきれきそう)だより
佐伯泰英

近代数寄屋の名建築、熱海・惜櫟荘が、新しい「番人」の手で見事に蘇るまでの解体・修復過程を綴る、著者初の随筆。文庫版新稿「芳名録余滴」を収載。

B276
チェロと宮沢賢治 —ゴーシュ余聞—
横田庄一郎

「セロ弾きのゴーシュ」は、音楽好きであった賢治の代表作。楽器チェロと賢治の関わりを探ることで、賢治文学の新たな魅力に迫る。〈解説〉福島義雄

B277
心に緑の種をまく —絵本のたのしみ—
渡辺茂男

児童書の翻訳や創作で知られる著者が、自らの子育て体験とともに読者に語りかけるように綴った、子どもと読みたい不朽の名作絵本45冊の魅力。図版多数。〈付記〉渡辺鉄太

2016. 8

岩波現代文庫［文芸］

B278
ラニーニャ　伊藤比呂美

あたしは離婚して子連れで日本の家を出た。心は二つ、身は一つ…。活躍し続ける詩人の傑作小説集。単行本未収録の幻の中編も収録。

B279
漱石を読みなおす　小森陽一

戦争の続く時代にあって、人間の「個性」にこだわった漱石。その生涯と諸作品を現代の視点からたどりなおし、新たな読み方を切り開く。

B280
石原吉郎セレクション　柴崎聰編

石原吉郎は、シベリアでの極限下の体験を硬質にして静謐な言葉で語り続けた。テーマ別に随想を精選、詩人の核心に迫る散文集。

2016. 8